너의 오늘을 내가 안아 줄게

⊙ 일러두기

만화적 표현의 글맛을 살리기 위해 작품 속 일부 글의 맞춤법 및 표기는 원작의 표기를 따랐습니다.

아직 다
자라지 못한
어른이에게

너의 오늘을 내가 안아 줄게

글·그림 **김진솔**

SEOUL MEDIA COMICS

프롤로그

안녕하세요,
10년째 병아리를 그리고 있지만 닭이 되지 않은(?) 작가 뾰롱이, 김진솔입니다.

귀엽고 뽀짝한 그림을 그리기에 많은 분께서 여자 작가로 잘못 알고 계시지만 저는 수컷 병아리랍니다. 제가 독자님들로부터 많이 받는 질문 중 하나가 '이런 감성이나 아이디어는 어디서 얻는지' 물어보곤 하시는데요.
한 독자분이 보내 주신 메시지가 있었습니다. 원래 외로움을 알아야 위로를 해 주며, 아픔을 알아야 마음을 다독여 줄 수 있다고 말이죠. 부정하며 살아왔지만 저는 생각보다 아픈 구석이 많은 사람이더라고요. 상처를 꽁꽁 감싼 채 항상 숨으려 하고 마음의 문을 닫으려고만 했었죠. 누구보다 혼자 있고 싶지만 한없이 외로운 저에게 해 주고 싶은 말들을 적다 보니 독자님들도 공감해 주시고 응원해 주시더라고요. 뭐든 적당한 게 어려운 법이잖아요.

마냥 행복하지도 슬프지도 않은 저를 위해,
또 저와 같은 독자님들을 위해 이렇게 책을 만들었습니다.
험난한 세상, 지친 여러분께 한 말씀 올립니다.

제가 안아 줄게요, 오늘 하루도.

내가 병아리만 그려서
먹고살 수 있을까?
조기 좀
봐

눈빛이 뽀롱뽀롱한 뽀롱이

귀여우면 그만 아닌강?
다 잘될 거니깐 걱정 말라구~
내가 귀여움 1짱이야
세상아 귀요미 방구나 먹어랏!
불안해하지 마!
행복할 수 있어, 무조건!

말소리가 쪼롱쪼롱한 쪼롱이

너무 귀여워서 계속 보고 싶지? 찌발♡
덤벼랏!
귀여운 내 인생 최고~
귀여운 내가 짱이야!
무너지지 않아!
오늘 하루도 화이팅이양!

목차

CHAPTER. 1 귀여운 건 거짓말하지 않아요

CHAPTER. 2

내 아픔의 크기는 내가 결정해

CHAPTER. 3

내가 잡을 테니, 넌 힘을 빼도 돼

CHAPTER. 4
너의 하루를 응원해

CHAPTER. 5
단짠단짠 고민에 찌발한 해결책

CHAPTER. 1

귀여운 건 거짓말하지 않아요

동작 그만

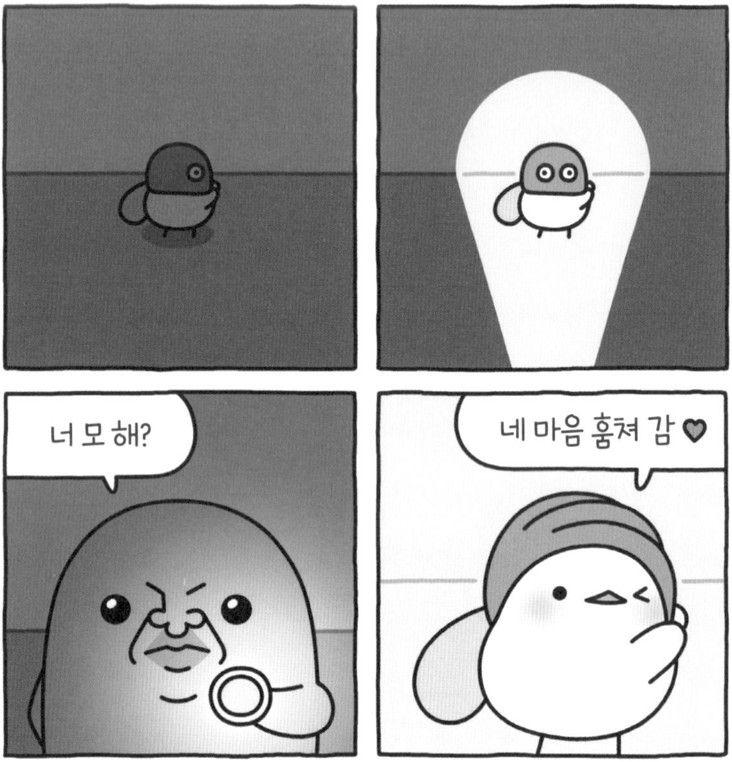

너 모 해?
네 마음 훔쳐 감 ♥

작고 소중해

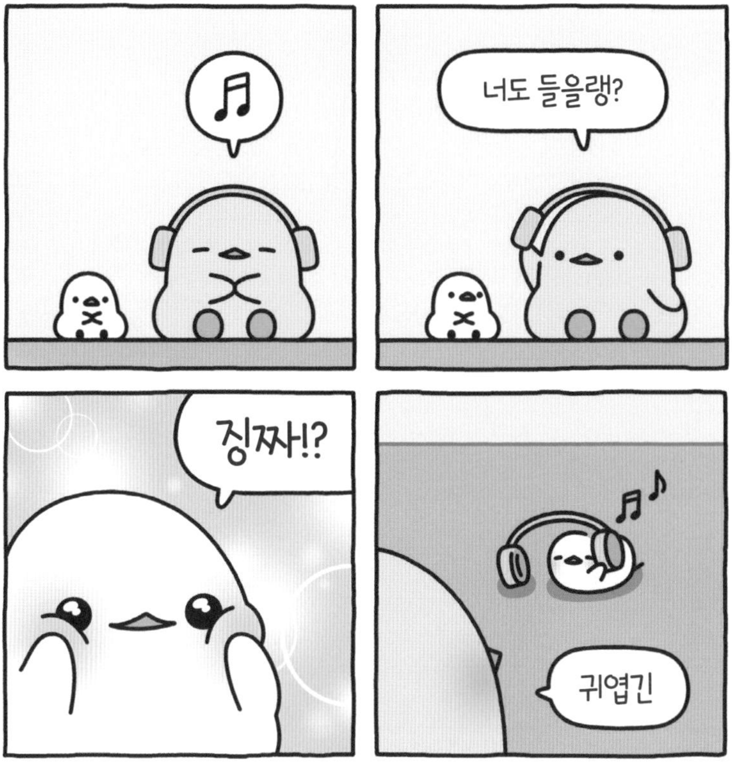
너도 들을랭?
징짜!?
귀엽긴

눈치 보지 마

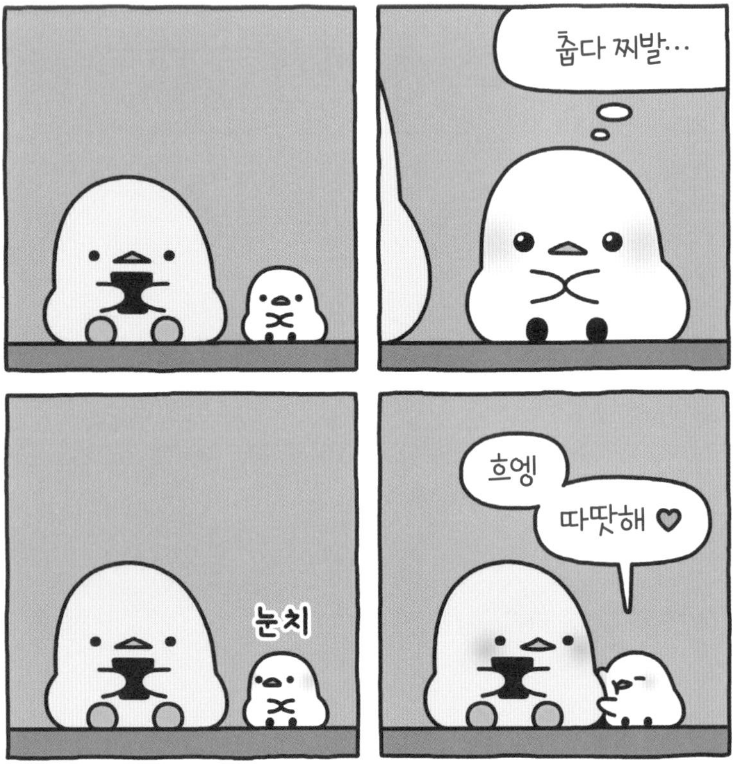
춥다 찌발…
눈치
흐엥
따땃해 ♥

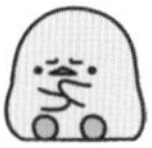

내 첫인상 어땠어?

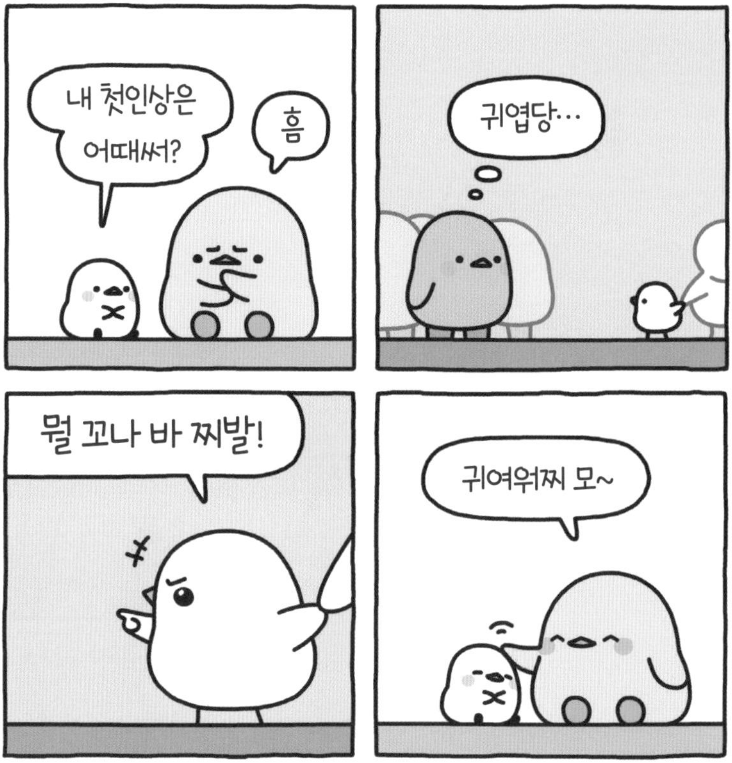
내 첫인상은 어때써?
흠
귀엽당…
뭘 꼬나 바 찌발!
귀여워찌 모~

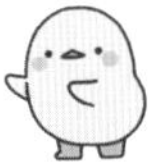

무슨 일 있어?

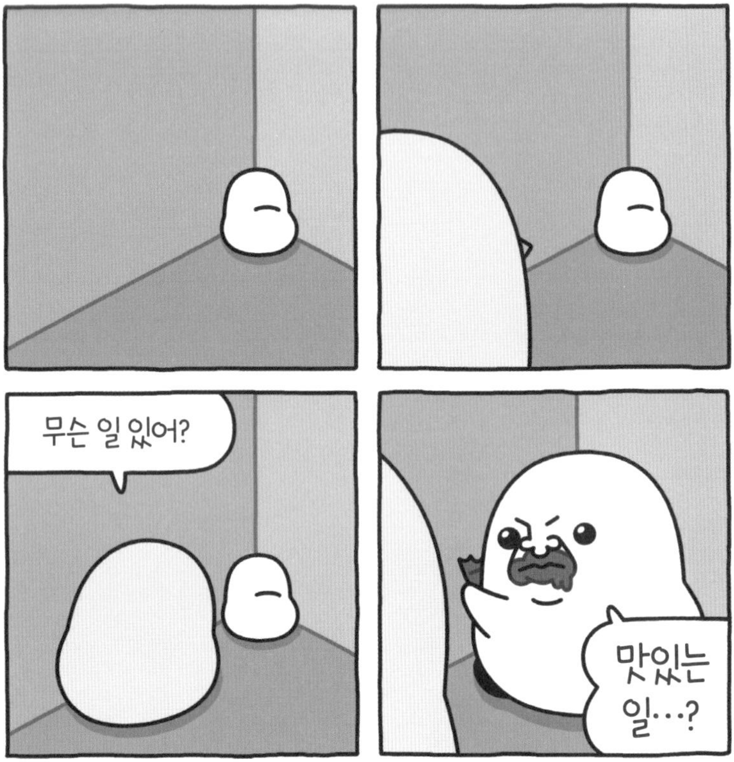
무슨 일 있어?
맛있는 일…?

대답해!

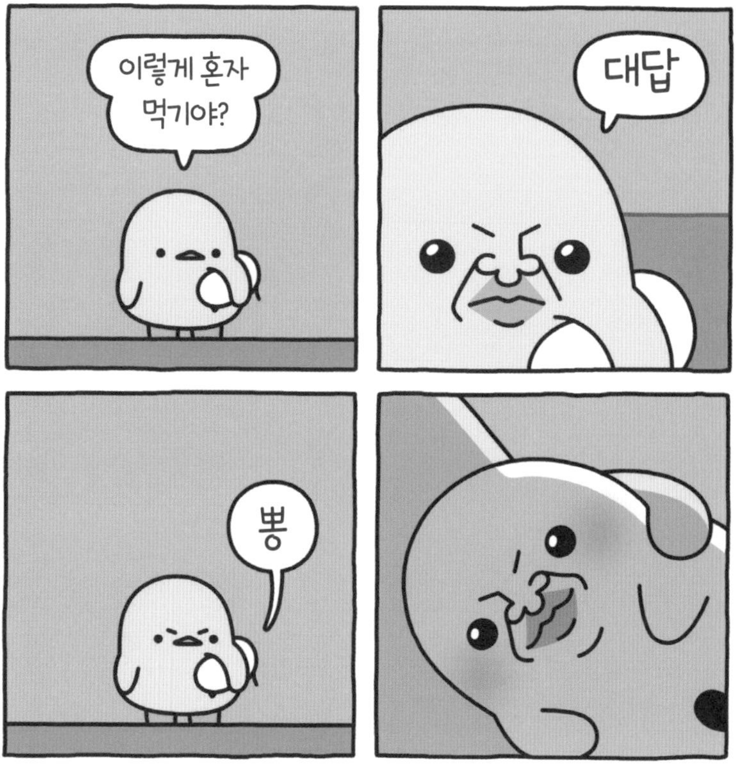
이렇게 혼자 먹기야?
대답
뽕

너 조심해

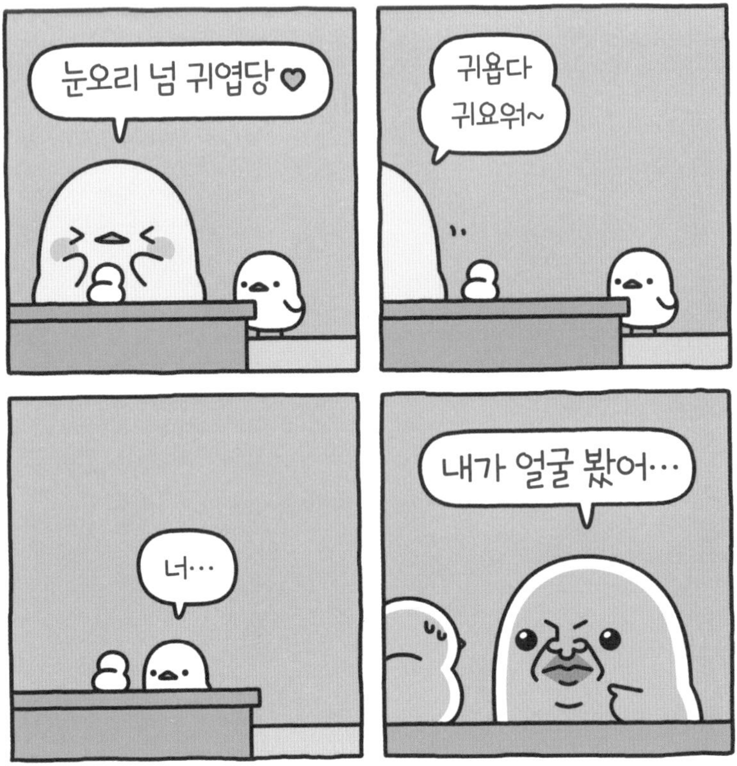

눈오리 넘 귀엽당
귀욥다
귀요워~
너…
내가 얼굴 봤어…

쪼롱이 눈사람

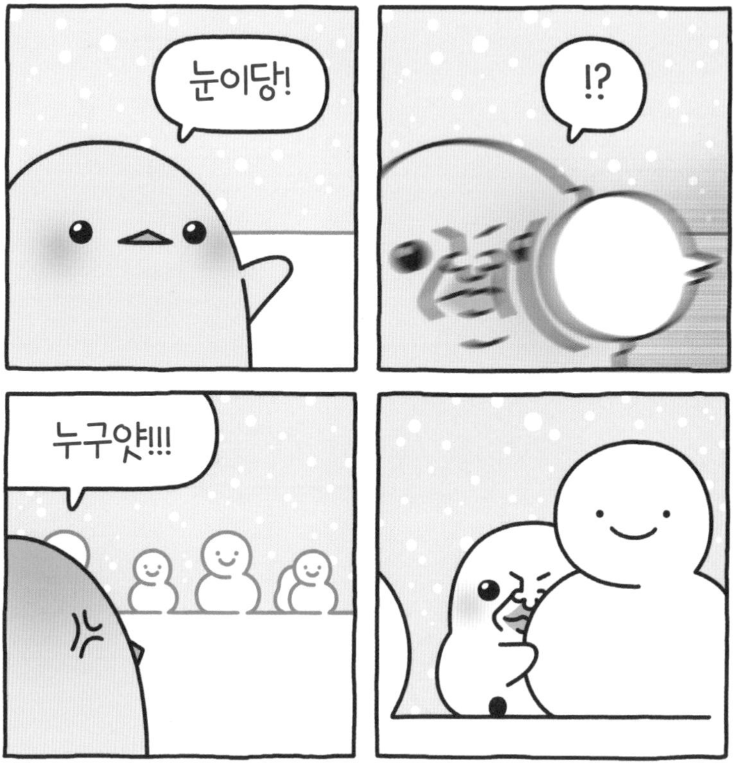

눈이당!
!?
누구얏!!!

칠칠맞기는

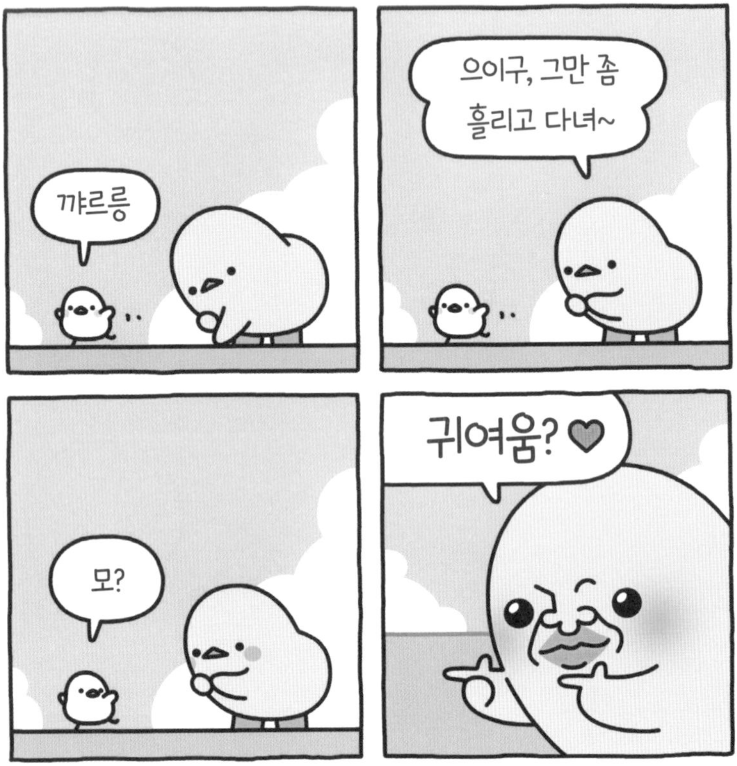
까르릉
으이구, 그만 좀
흘리고 다녀~
모?
귀여움?

잊지 말자! 나는 귀엽다.

유독 내 인생만 왜 이렇게 꼬여 있는 건지 의구심이 앞설 때가 있었습니다. 살아 내느라 지치고, 사람에게 상처받고, 외로움이라는 벽과도 무수히 맞닥뜨리며 힘겨울 때가 있습니다. 우리 모두 꼬인 인생을 풀며 사느라 정신없는 탓에 나를 어디에 두고 왔는지 모를 때 말이죠.
길을 가다 마주친 아기를 보며 저도 모르게 '귀엽네!'라고 혼잣말을 하였습니다. 순간 꼬여 있는 인생에 대한 고민이 잠깐이지만 사라지는 걸 느꼈죠. 불현듯 그런 생각이 들었습니다. 저 아기처럼 저도 태어나면서부터 귀여웠었다는 사실을. 태어나자마자 무수히 많은 사람들에게 사랑을 받았을 거고, 존재 자체만으로 그들에게 위로를 전했다는 사실을.
'귀여움'이라는 한 단어로, 수많은 고통의 순간들을 전부 위로할 수는 없습니다. 그러나 스펙이라고는 귀여운 것밖에 없는 뾰롱이를 보고 한 뼘의 위로를 받았다고 언급해 주시는 독자님들을 보면 정답은 단순한 곳에 있지 않을까요.

당신은 귀여웠고, 지금도 귀여우며, 앞으로도 귀여울 겁니다.

뭐가 걱정이야

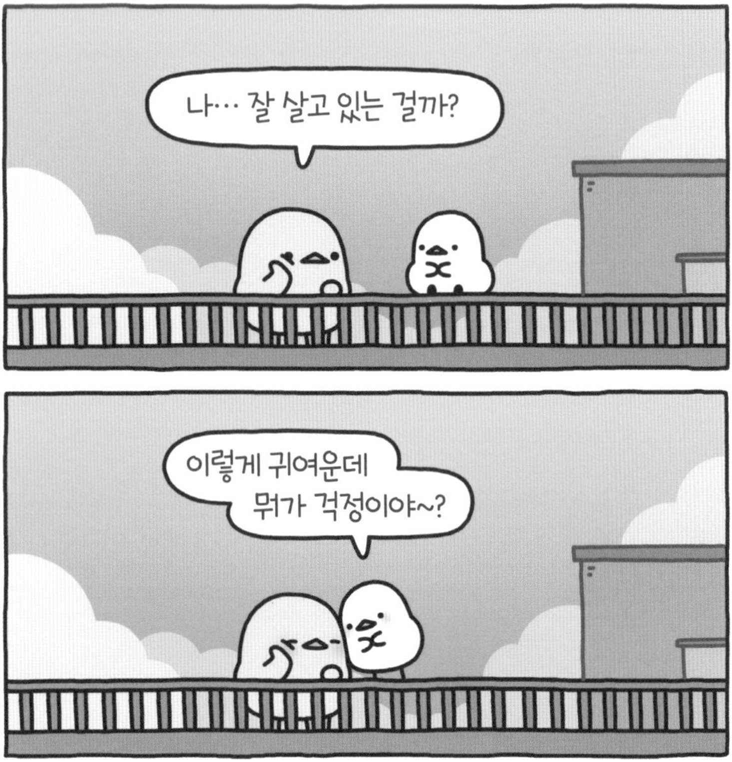
나… 잘 살고 있는 걸까?
이렇게 귀여운데 뭐가 걱정이야~?

귀여운 거

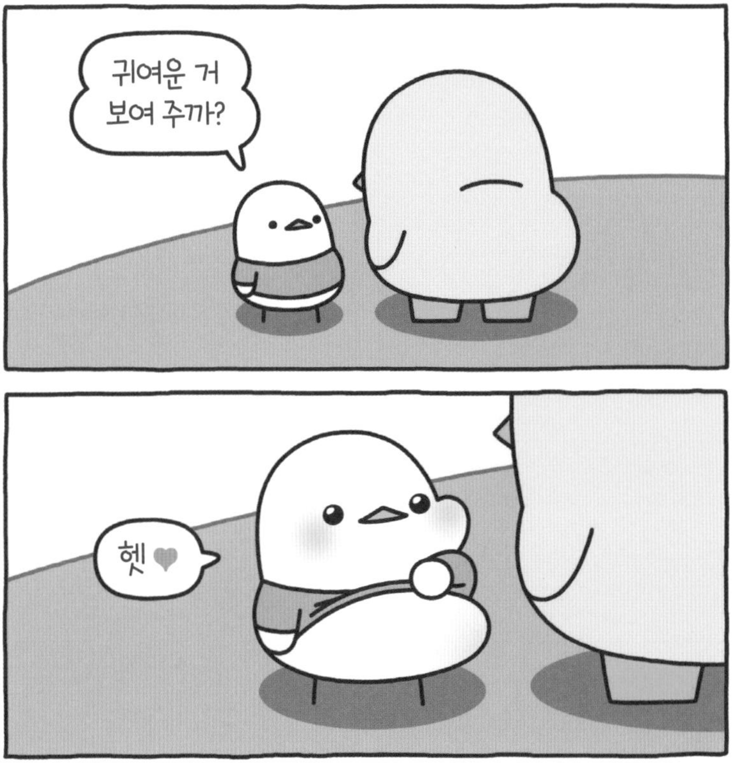
귀여운 거 보여 주까?
헷 ♥

따스한 이불

통통통

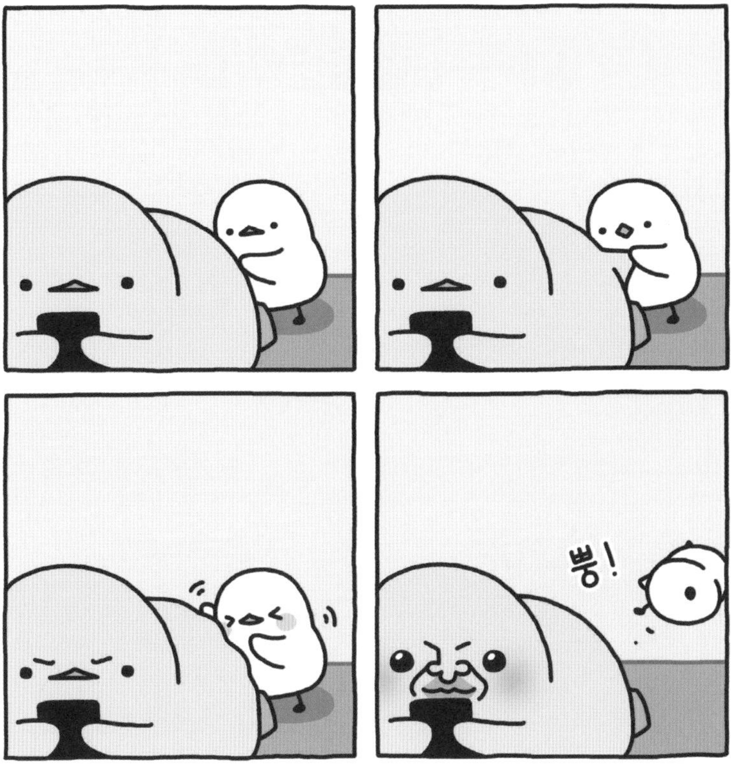

I의 쉬는 날

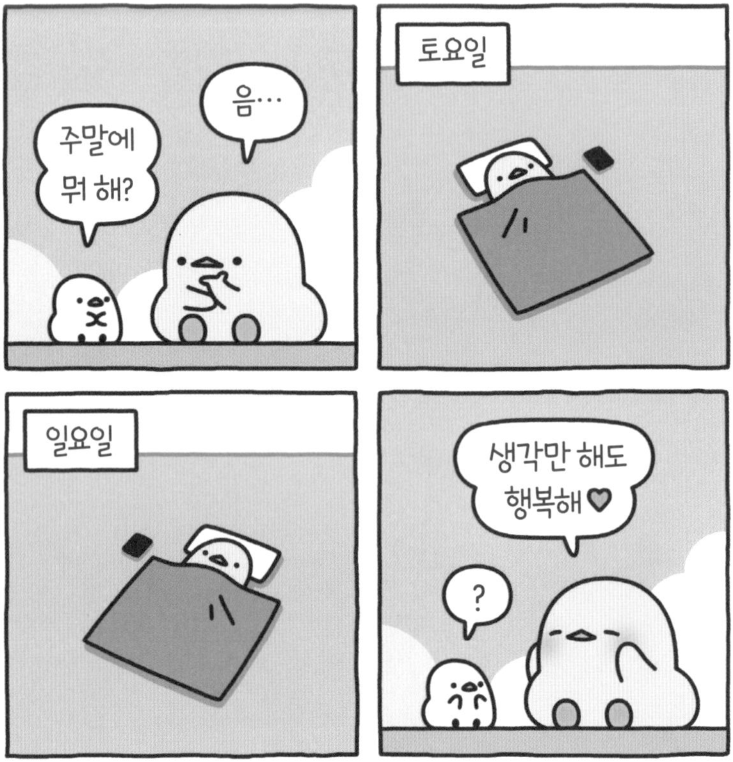
주말에 뭐 해?
음…
토요일
일요일
생각만 해도 행복해
?

늘 말로만

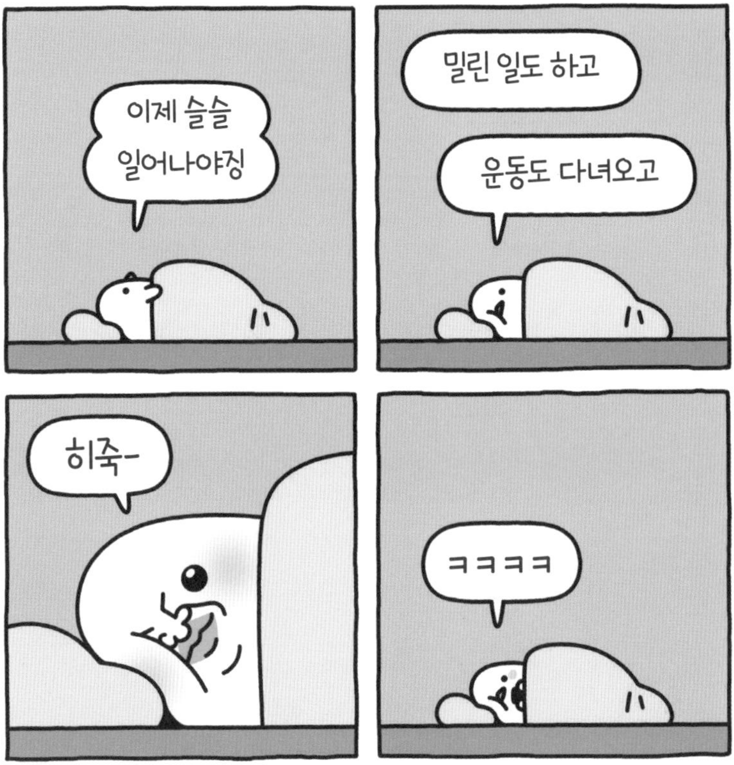

이제 슬슬
일어나야징
밀린 일도 하고
운동도 다녀오고
히죽-
ㅋㅋㅋㅋ

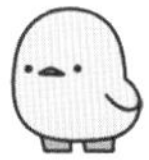

오늘도 이렇게 흘러가는

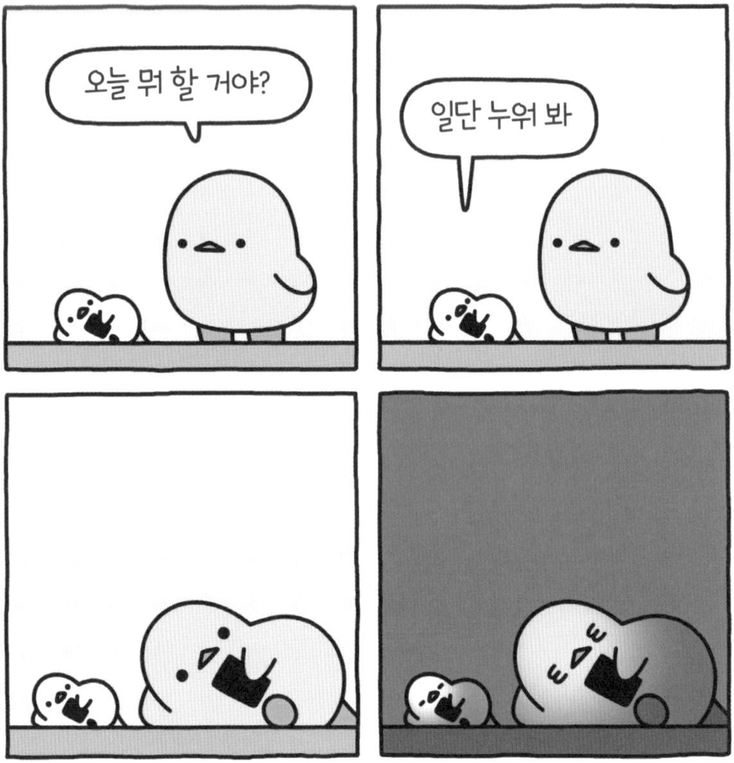

오늘 뭐 할 거야?
일단 누워 봐

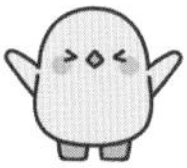

먹어도 먹어도

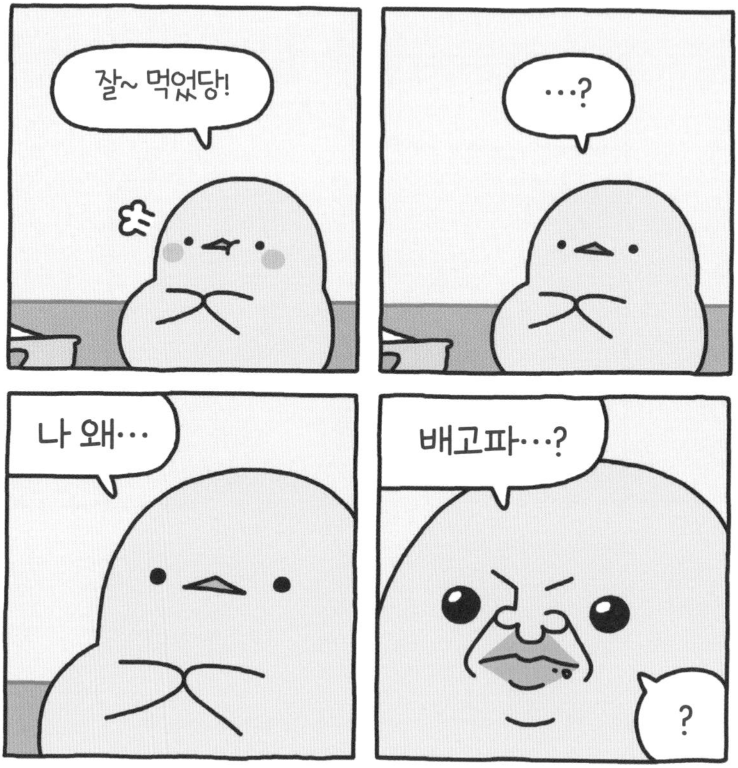
잘~ 먹었당!
…?
나 왜…
배고파…?
?

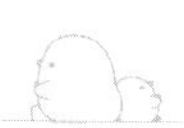

#내가 제일 행복해

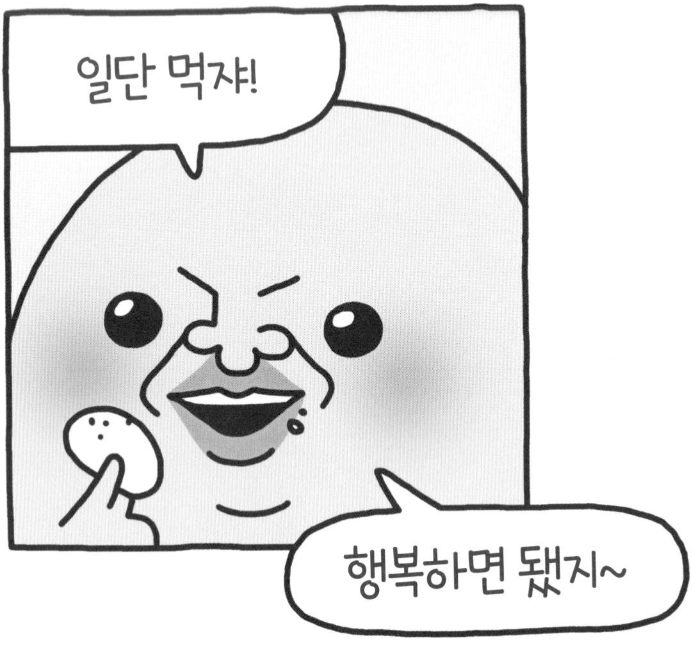
일단 먹자!
행복하면 됐지~

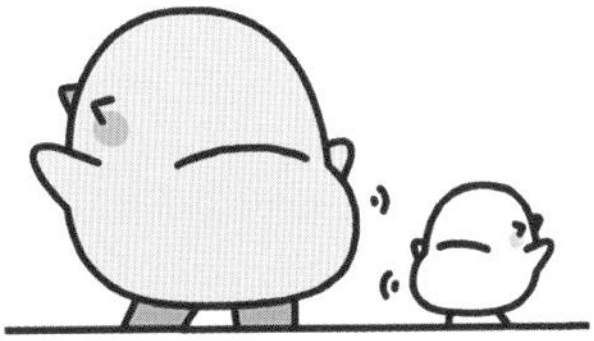

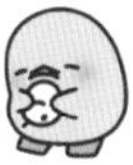

우린 너무 달라

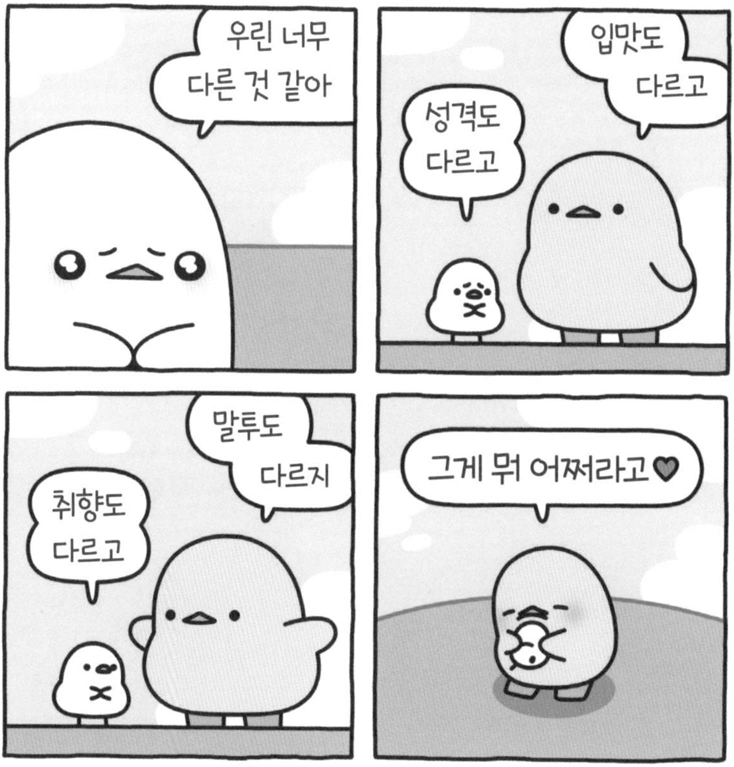

우린 너무 다른 것 같아
성격도 다르고
입맛도 다르고
취향도 다르고
말투도 다르지
그게 뭐 어쩌라고♥

내가 그은 선

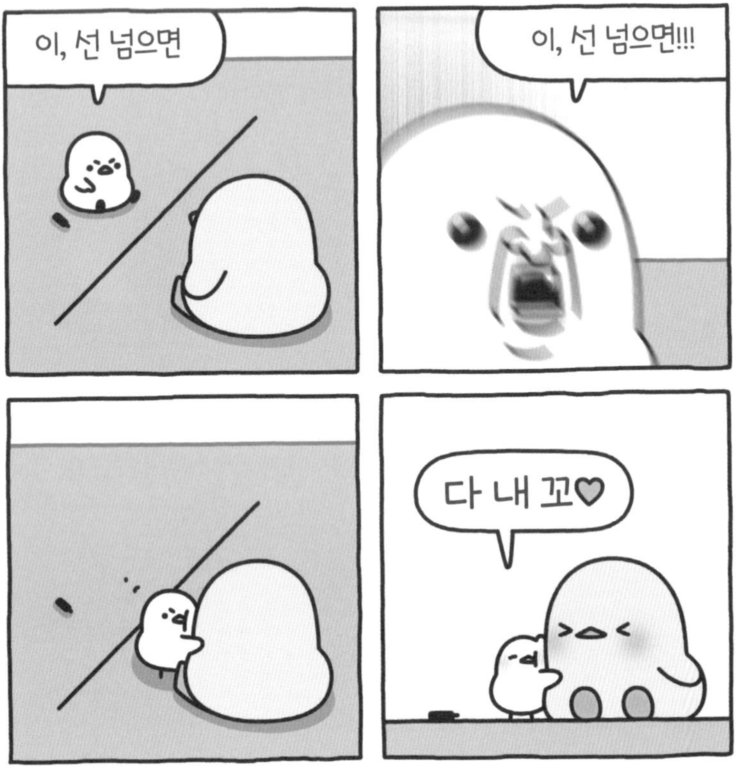
이, 선 넘으면
이, 선 넘으면!!!
다 내 꼬♡

너는 나의 봄이야

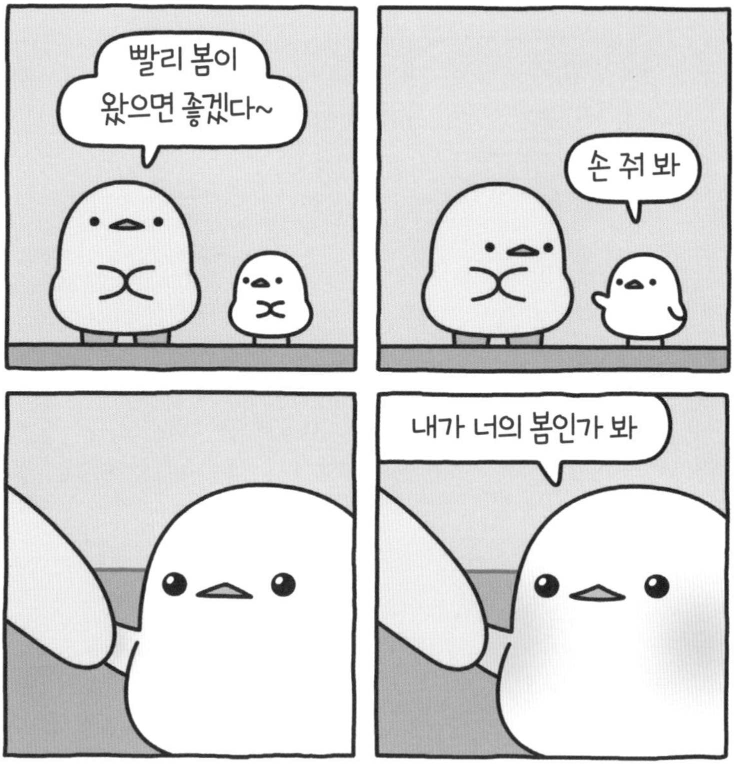
빨리 봄이 왔으면 좋겠다~
손 줘 봐
내가 너의 봄인가 봐

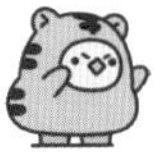

울어도 줄 건 줘야지

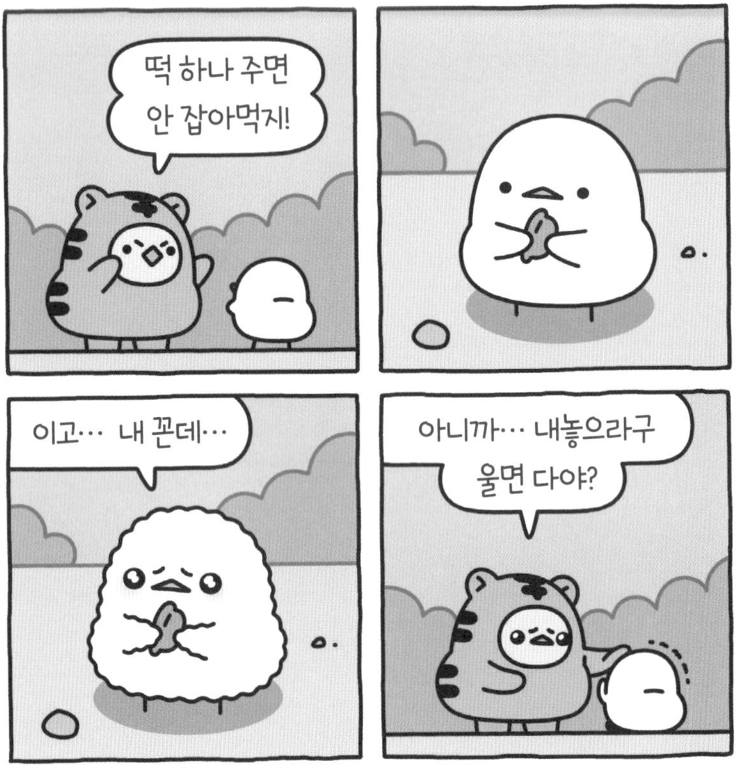

떡 하나 주면 안 잡아먹지!
이고… 내 꼰데…
아니까… 내놓으라구 울면 다야?

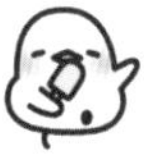

울지 마, 내 거 줄게

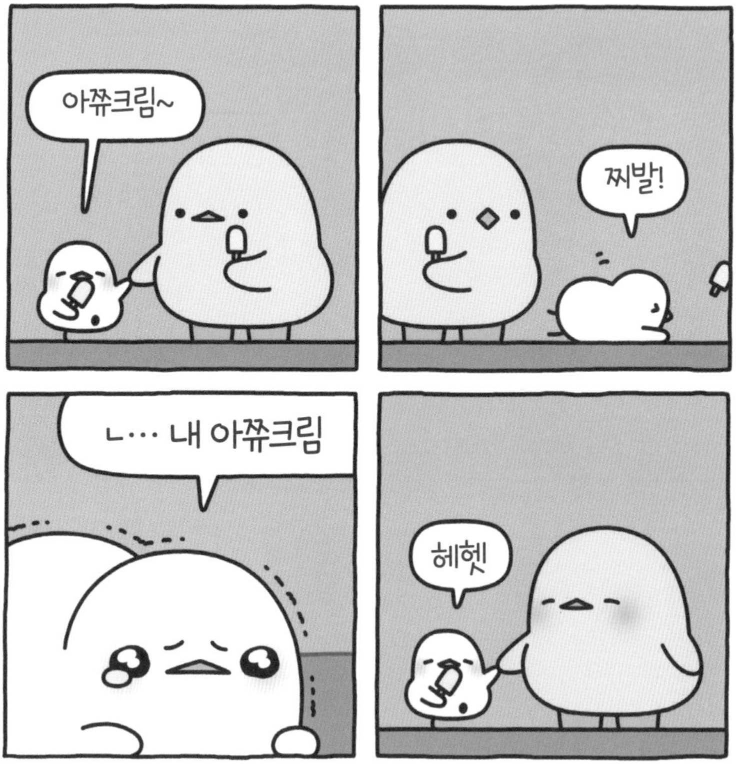
아쮸크림~
찌발!
ㄴ··· 내 아쮸크림
헤헷

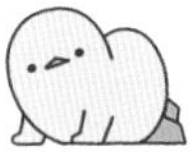

금토일월

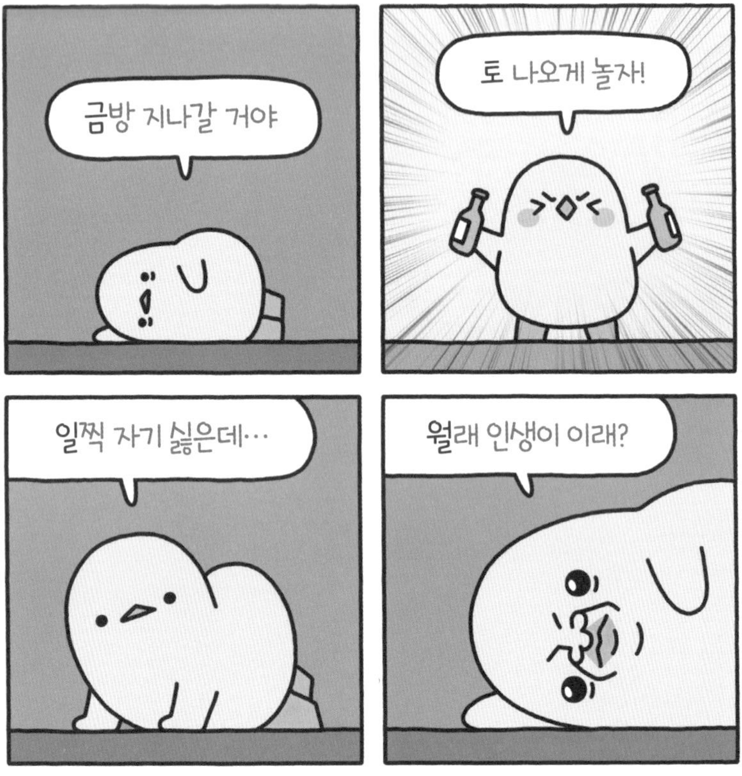

금방 지나갈 거야
토 나오게 놀자!
일찍 자기 싫은데…
월래 인생이 이래?

중요한 선약

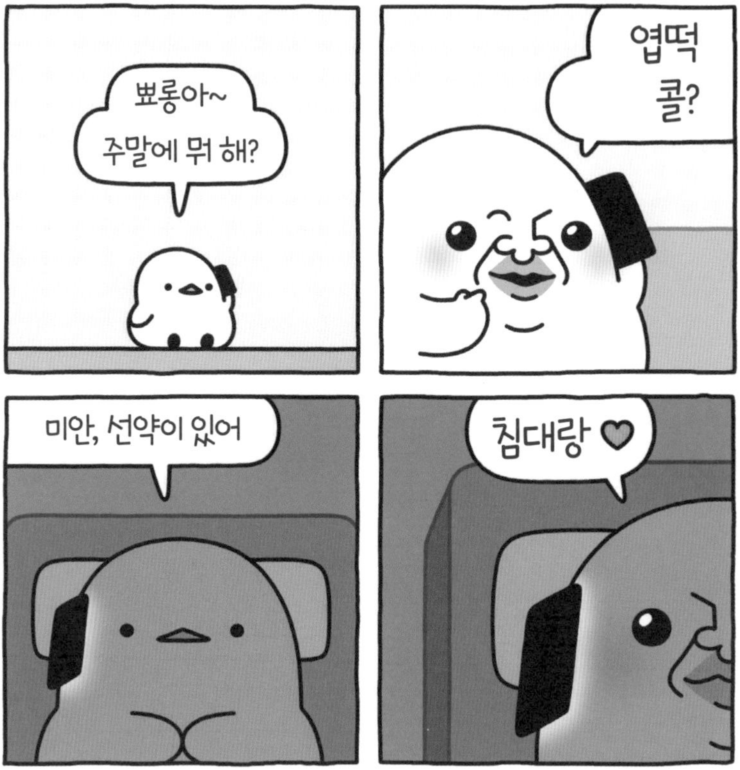
뾰롱아~ 주말에 뭐 해?
엽떡 콜?
미안, 선약이 있어
침대랑 ♡

혼자만 생각하는 슬픔

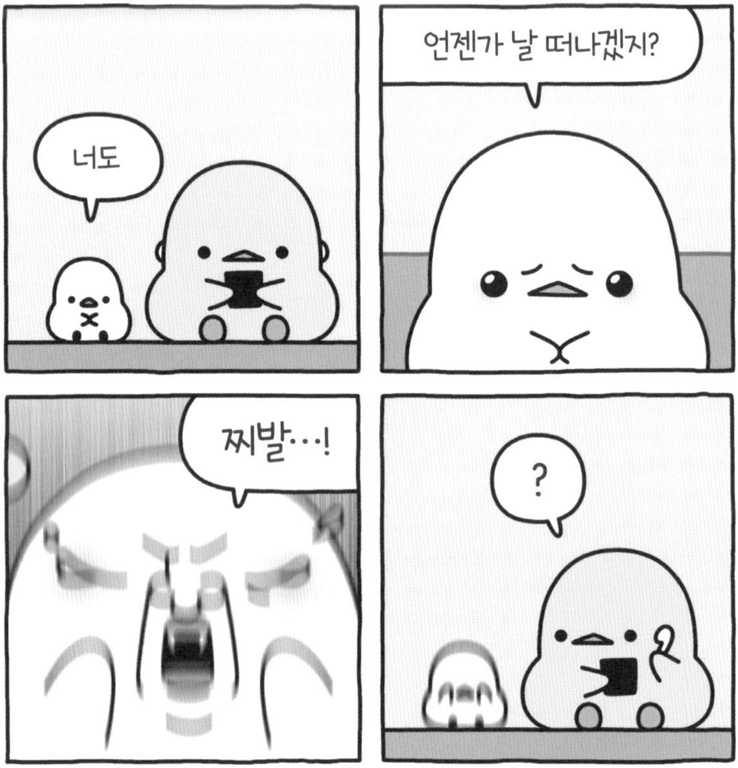
너도
언젠가 날 떠나겠지?
찌발…!
?

내가 만만해?

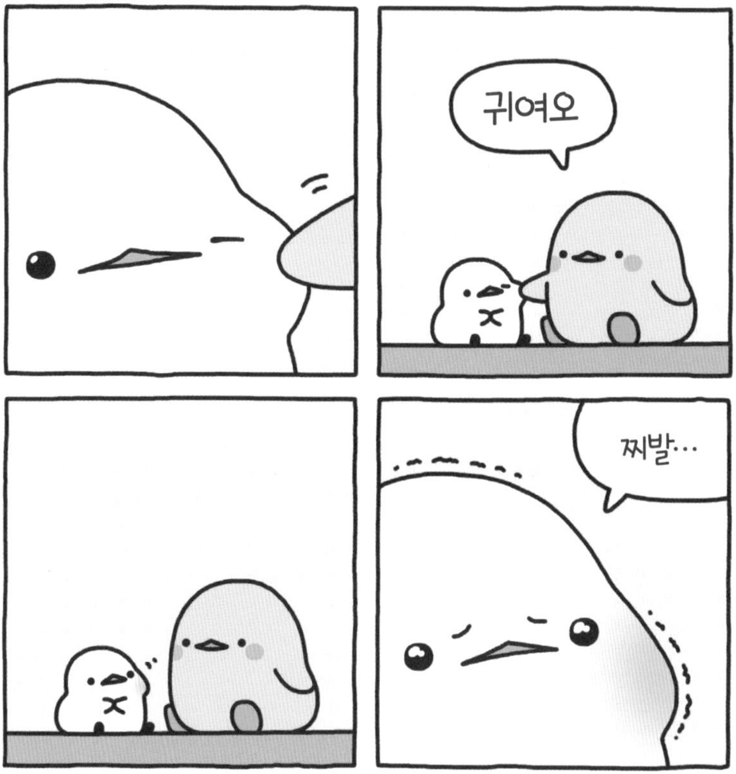
귀여오
찌발…

#아프다고

이쁘게 말하기

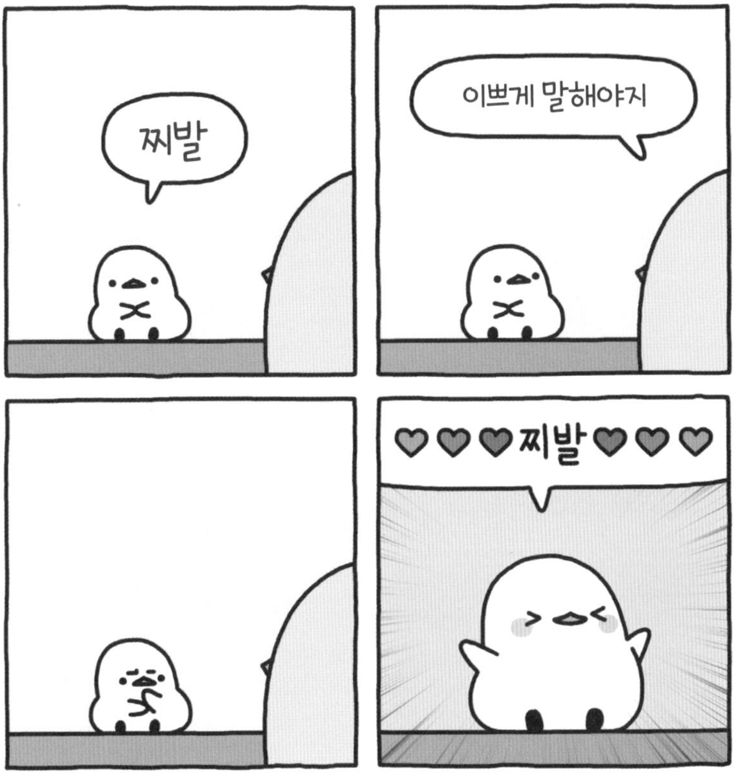
찌발
이쁘게 말해야지
찌발

이따 놀아 줄게

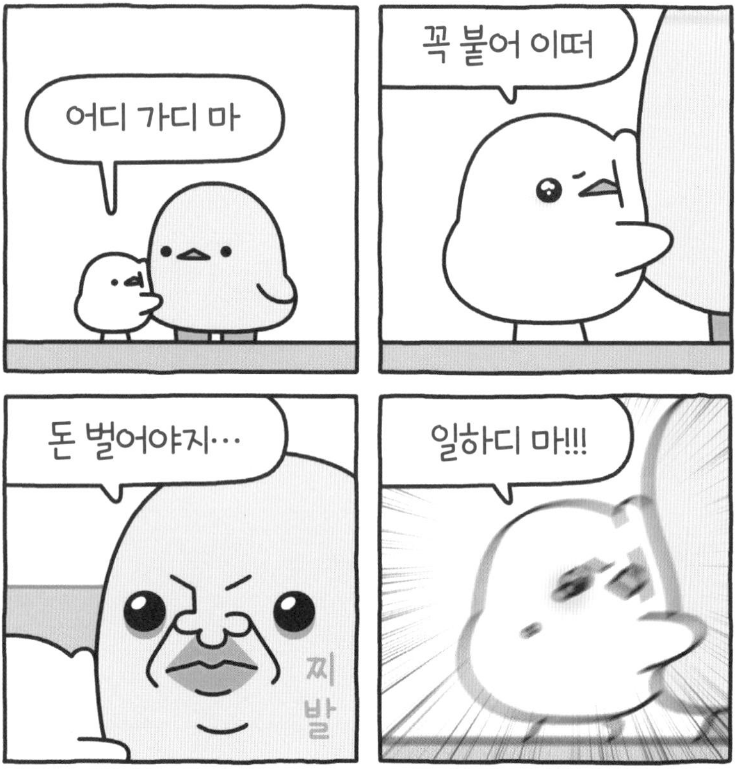

어디 가디 마
꼭 붙어 이떠
돈 벌어야지…
찌발
일하디 마!!!

바쁘니까
이따 놀아 줄게

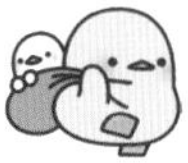

가진 거 다 내놔

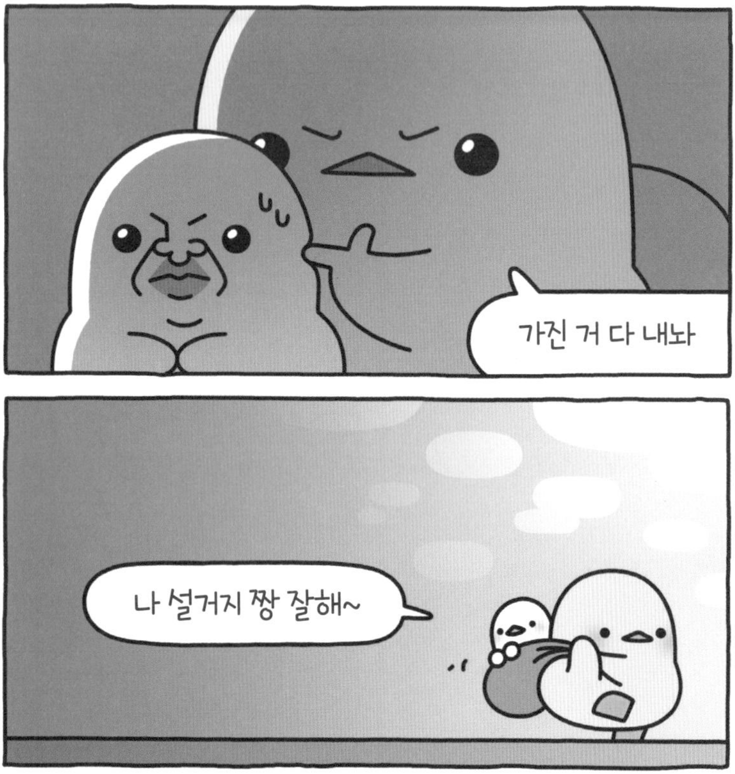
가진 거 다 내놔
나 설거지 짱 잘해~

나는 나를 싫어해

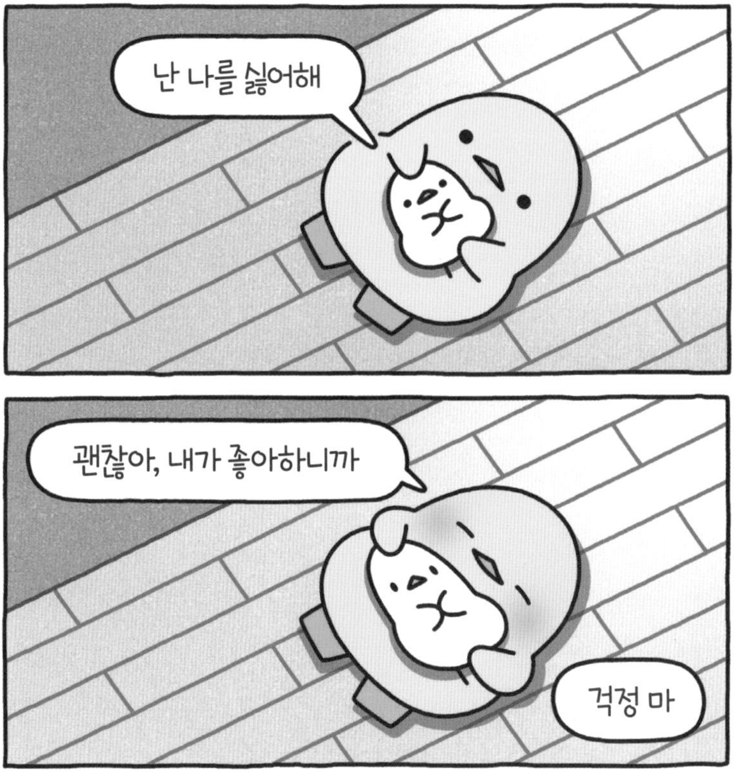
난 나를 싫어해
괜찮아, 내가 좋아하니까
걱정 마

미용사 뾰롱

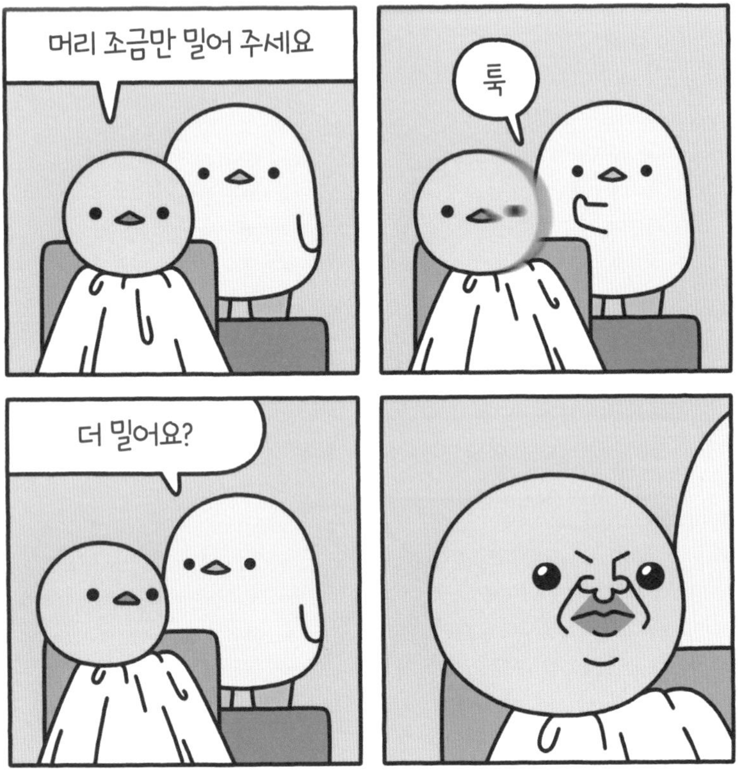
머리 조금만 밀어 주세요
툭
더 밀어요?

모자를 안 쓰는 이유

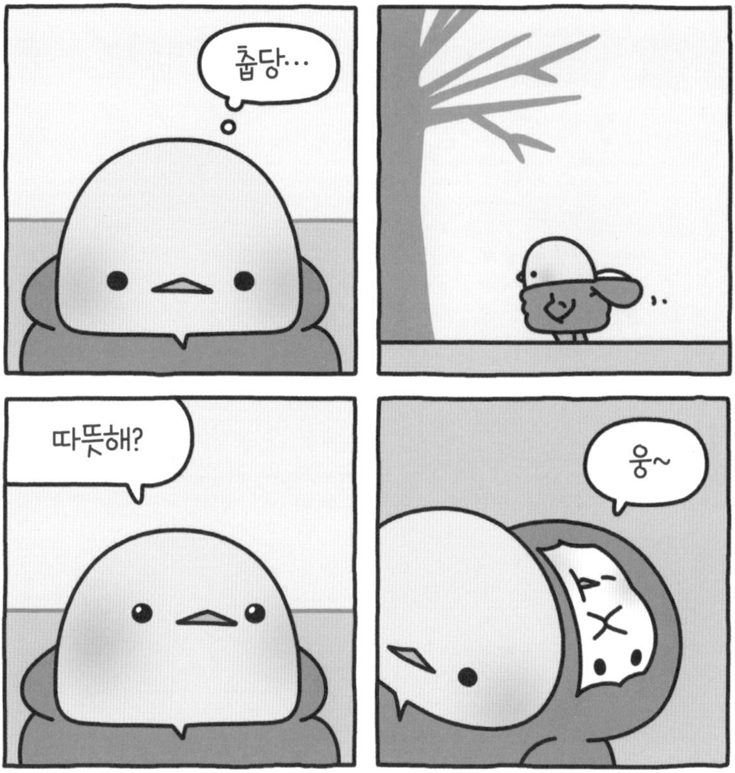
춥당…
따뜻해?
웅~

요구 사항

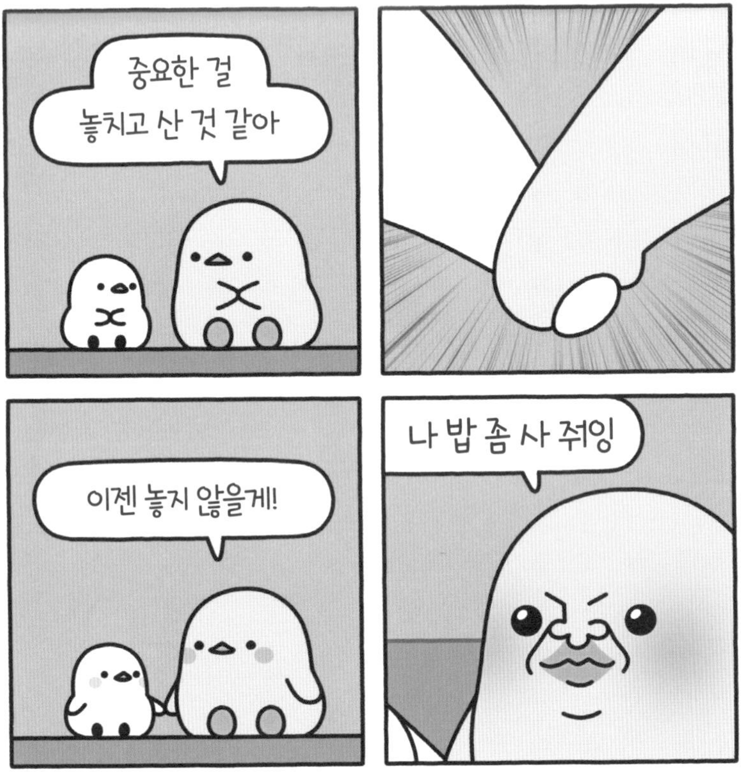

중요한 걸 놓치고 산 것 같아
이젠 놓지 않을게!
나 밥 좀 사 줘잉

나 어깨 주물러 줘
?
??

#쮸물쮸물

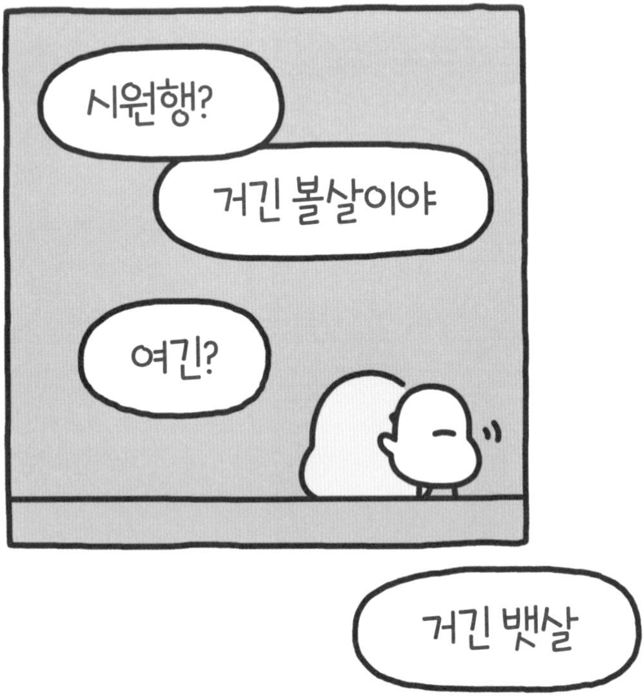
시원행?
거긴 볼살이야
여긴?
거긴 뱃살

내 안의 소리

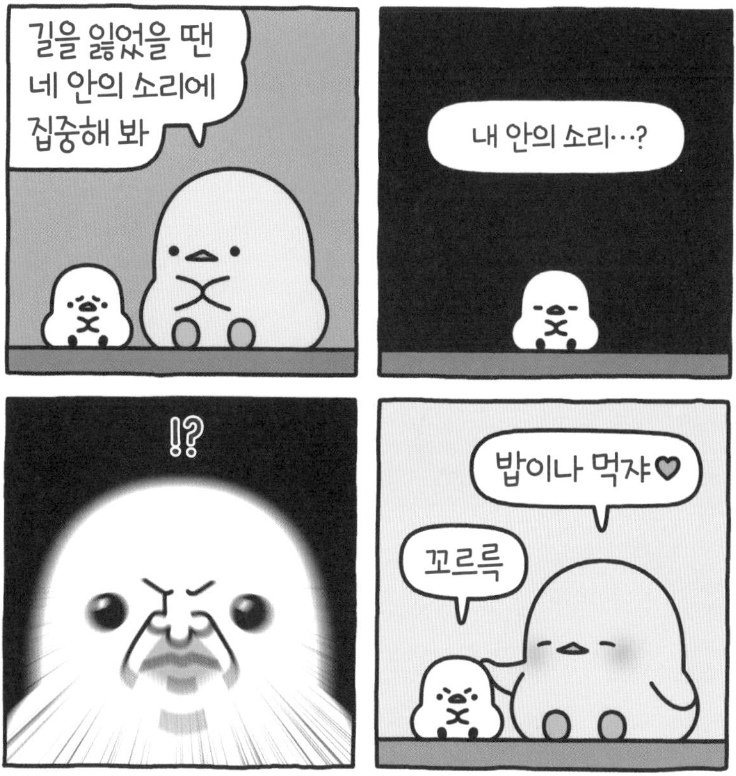

길을 잃었을 땐
네 안의 소리에
집중해 봐
내 안의 소리…?
!?
밥이나 먹쟈♥
꼬르륵

귀여우면 끝이야

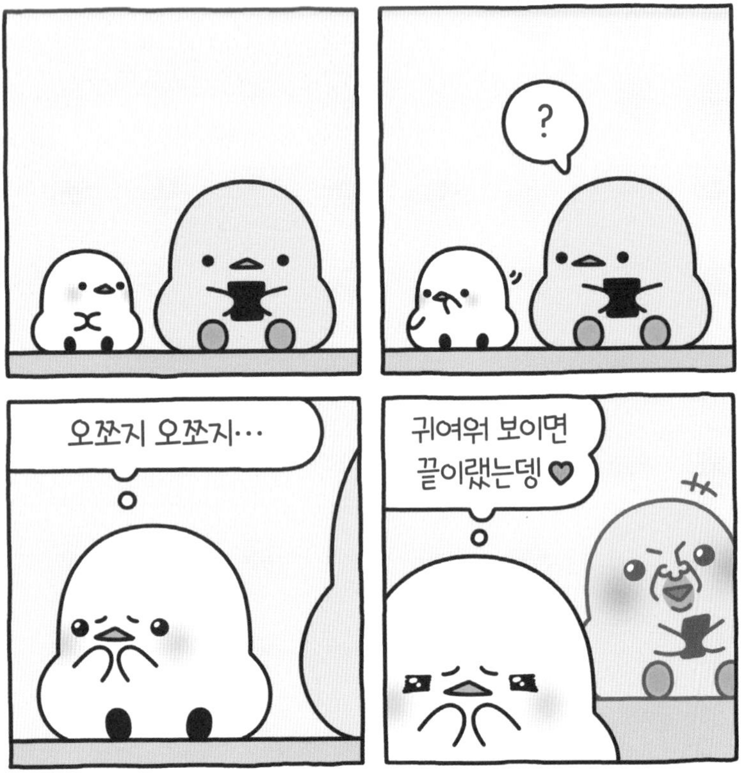
?
오쪼지 오쪼지…
귀여워 보이면 끝이랬는뎅 ♥

바보

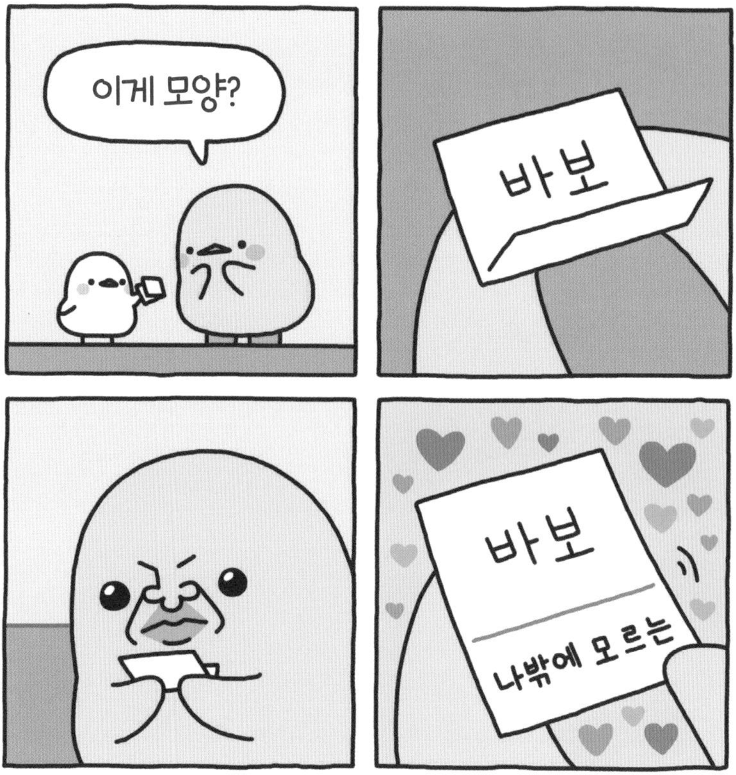
이게 모양?
바보
바보
나밖에 모르는

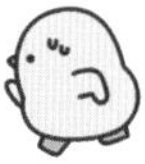

조금은 쉬어도 돼

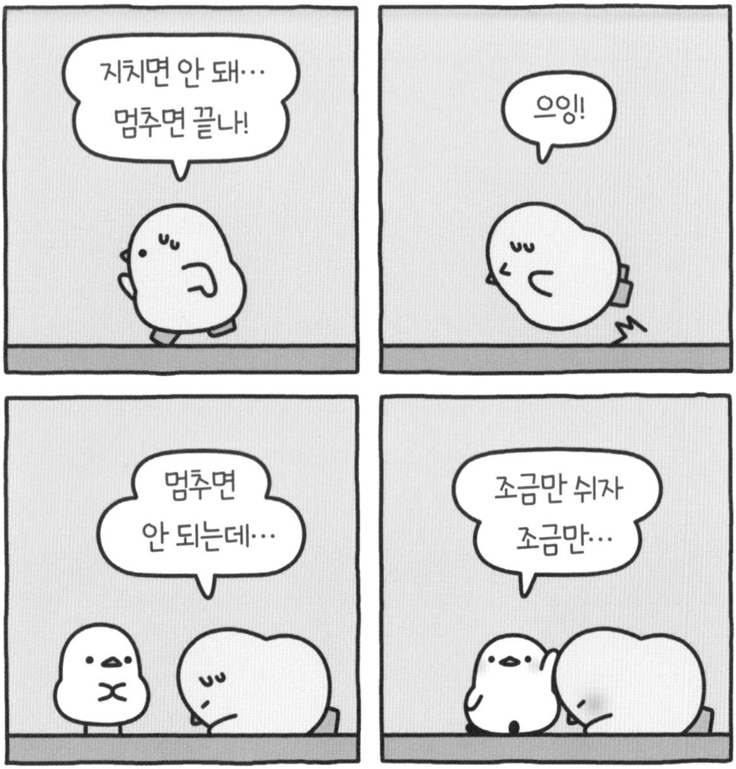
지치면 안 돼… 멈추면 끝나!
으잉!
멈추면 안 되는데…
조금만 쉬자 조금만…

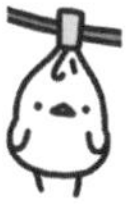

광합성

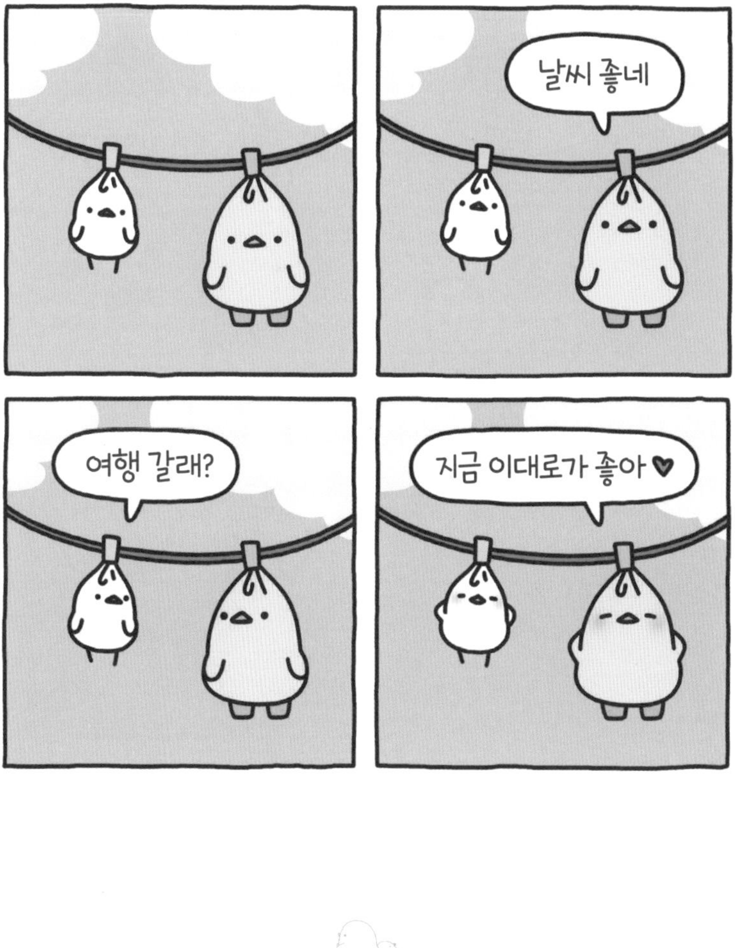

날씨 좋네
여행 갈래?
지금 이대로가 좋아

노란 코딱지

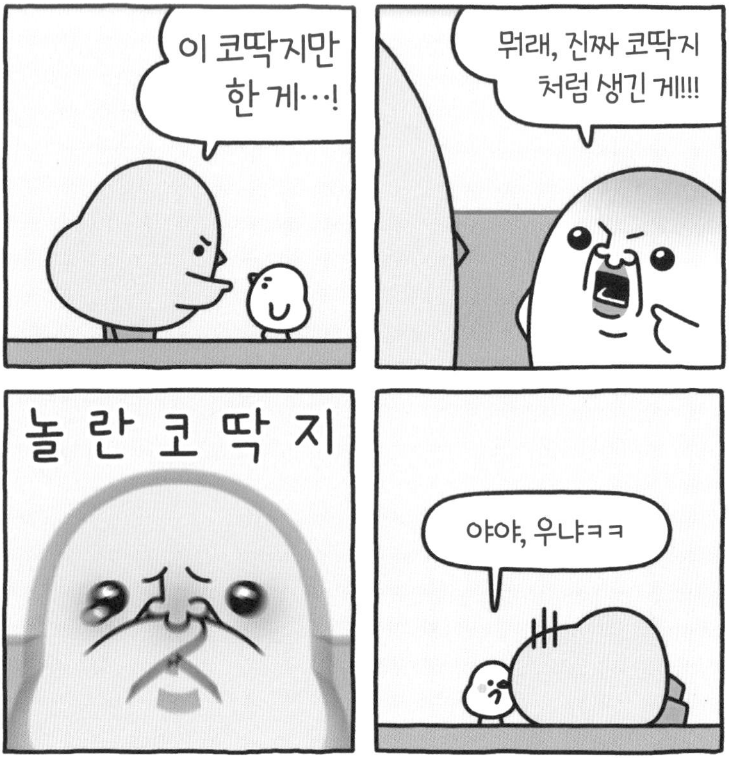
이 코딱지만
한 게…!
뭐래, 진짜 코딱지
처럼 생긴 게!!!!
놀란 코딱지
야야, 우냐ㅋㅋ

뽀롱이는 눈빛이 뽀롱뽀롱해서 뽀롱이.
쪼롱이는 곁에서 쫑알쫑알거려 쪼롱이.

뼈아픈 얘기지만 인스타를 시작하기 이전, 페이스북 시절에도 똑같이 뽀롱이를 그렸었습니다. 10만 명에 가까운 팔로워를 군대에서 해킹당하는 바람에 다시 처음부터 해 보자는 마음가짐으로 인스타를 시작했습니다. 그렇게 다시 시작한 인스타툰으로 4년에 가까운 시간을 방황하던 도중 쪼롱이라는 캐릭터를 만들었습니다. 뱁새를 모티브로 한 작고 귀여운 새 쪼롱이는 독자님들에게 좋은 반응을 얻었습니다. 뽀롱이와 쪼롱이의 관계를 규정짓지 않고 친구, 연인, 가족 등 다양한 모습으로 그려 낸 게 큰 공감대를 얻었던 것 같습니다.
많이들 여쭤보시지만 제 만화는 우리가 살아가는 일상을 담아 놓았기 때문에 특정한 세계관을 정해 두지 않았습니다. 때로는 뽀롱이에게 제 모습을 투영하기도 하고 독자님들의 모습을 담기도 하면서 차곡차곡 이야기를 쌓아 갔습니다.
누구나 살면서 한 번쯤은 상상 이상의 외로움과 싸우게 되는 것 같습니다. 저는 그 외로움을 뽀롱이와 쪼롱이라는 캐릭터를 만듦으로써 독자님들과 함께 해소해 나갔던 것 같습니다.

앞으로도 10년,
20년 쭈욱 힐링해 드리고 싶습니다.

안티 스트레스 다른 그림 찾기

뺘롱이와 쪼롱이가 봄 소풍을 떠났어요.
두 그림에서 서로 다른 모습 다섯 군데를 찾아보아요.

• 정답 : 256쪽

CHAPTER. 2

내 아픔의 크기는 내가 결정해

ZZIBAL

흐뭇

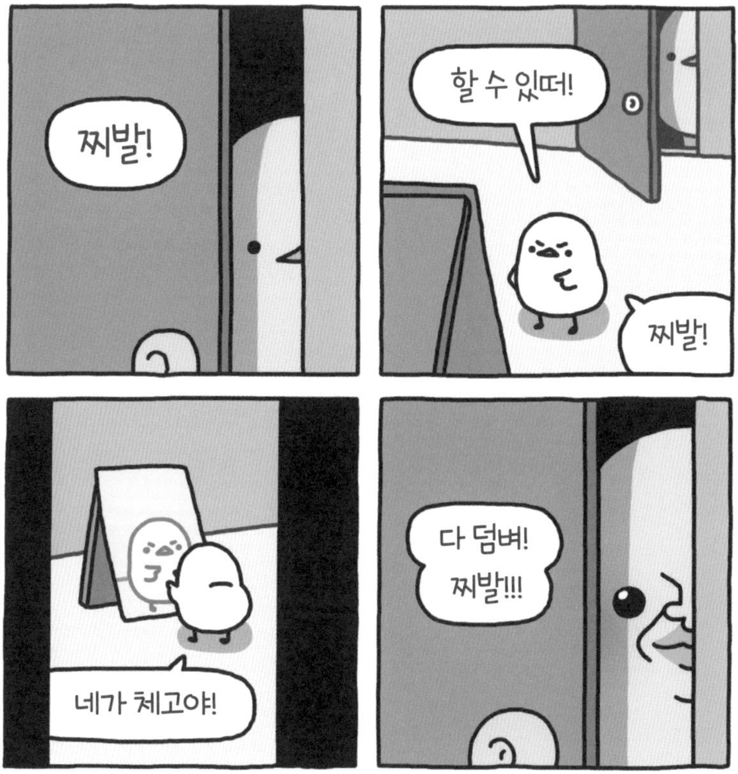
찌발!
할 수 있떠!
찌발!
네가 체고야!
다 덤벼!
찌발!!!

자기 자랑

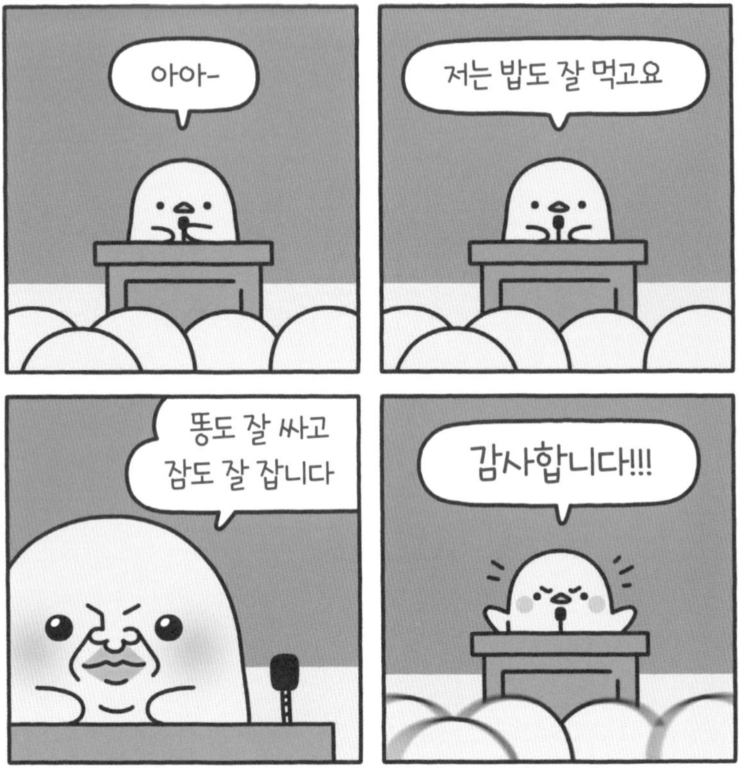
아아-
저는 밥도 잘 먹고요
똥도 잘 싸고
잠도 잘 잡니다
감사합니다!!!

주입식 교육

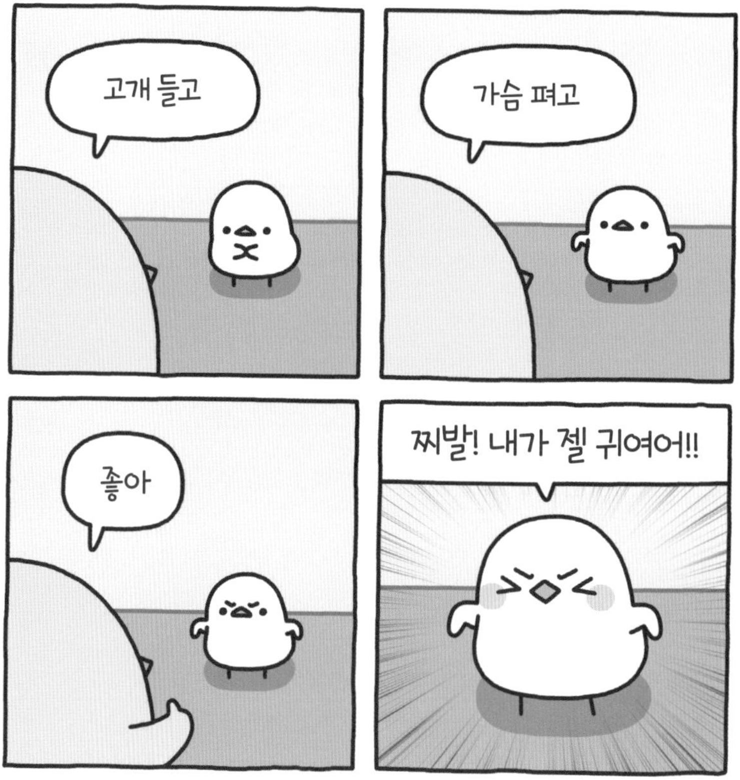
고개 들고
가슴 펴고
좋아
찌발! 내가 젤 귀여어!!

잠깐, 눈물 좀 닦고

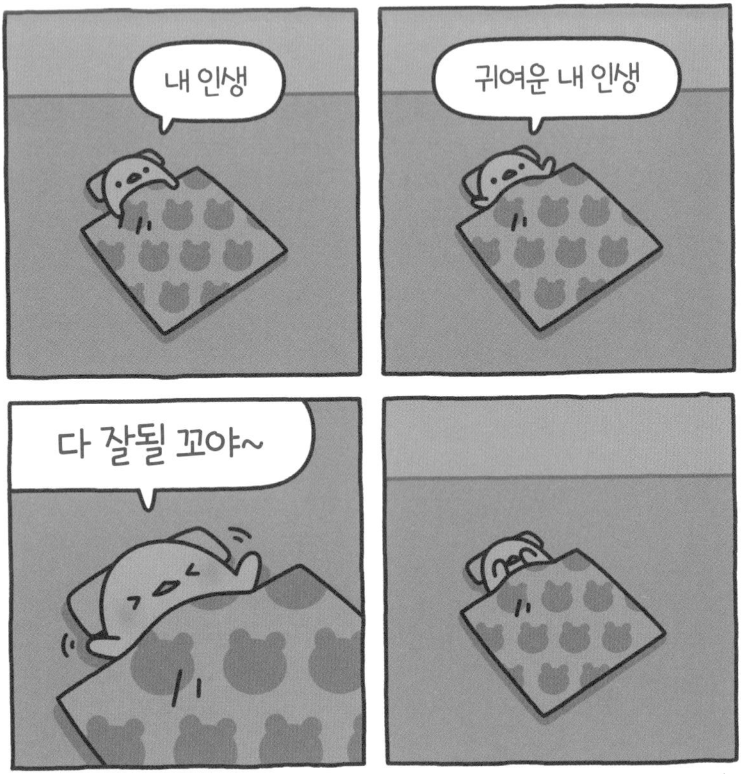
내 인생
귀여운 내 인생
다 잘될 꼬야~

후회 없는 선택

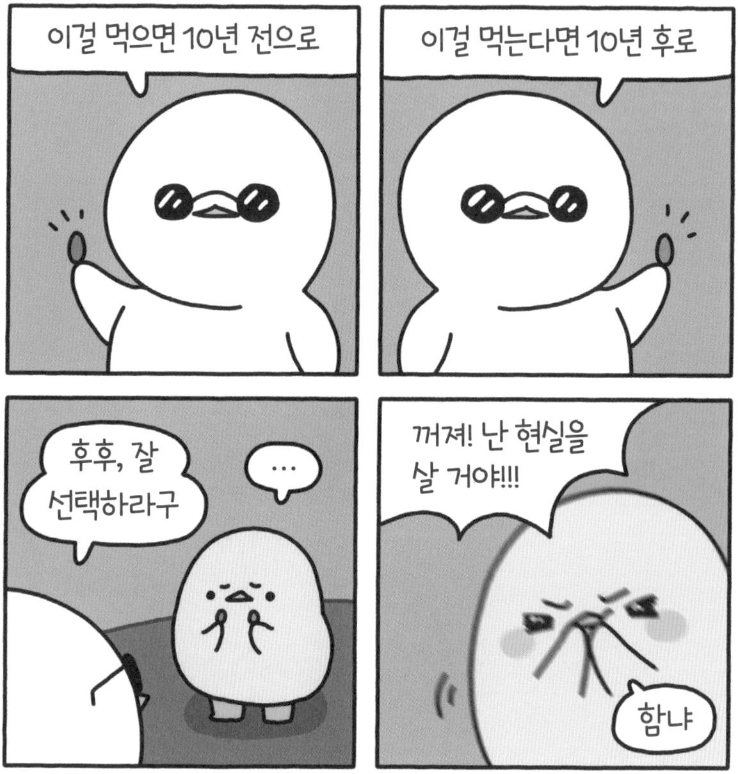
이걸 먹으면 10년 전으로
이걸 먹는다면 10년 후로
후후, 잘 선택하라구
…
꺼져! 난 현실을 살 거야!!!
함냐

덤벼라, 세상

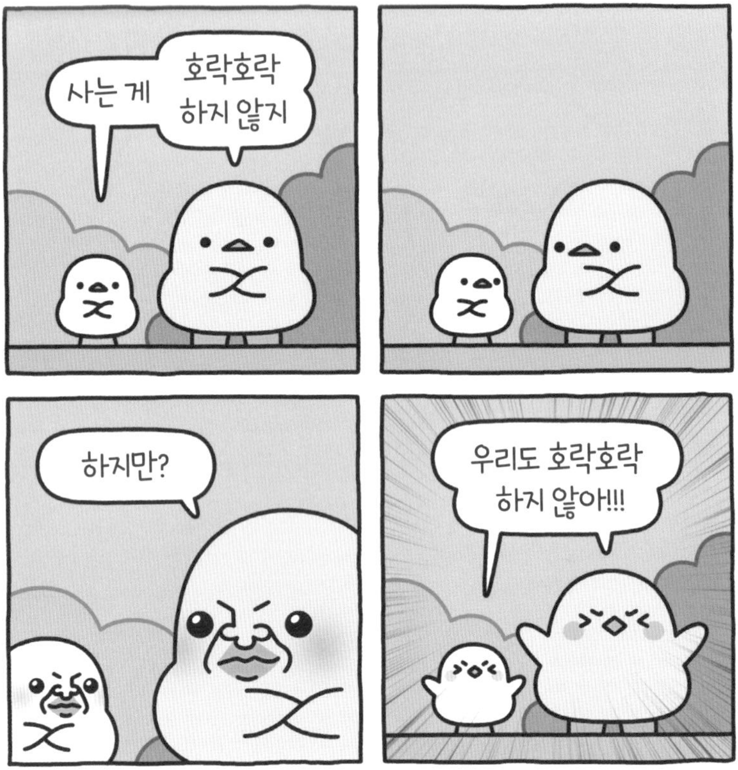
사는 게
호락호락 하지 않지
하지만?
우리도 호락호락 하지 않아!!!

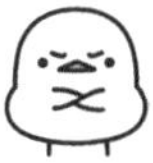

단단해지기

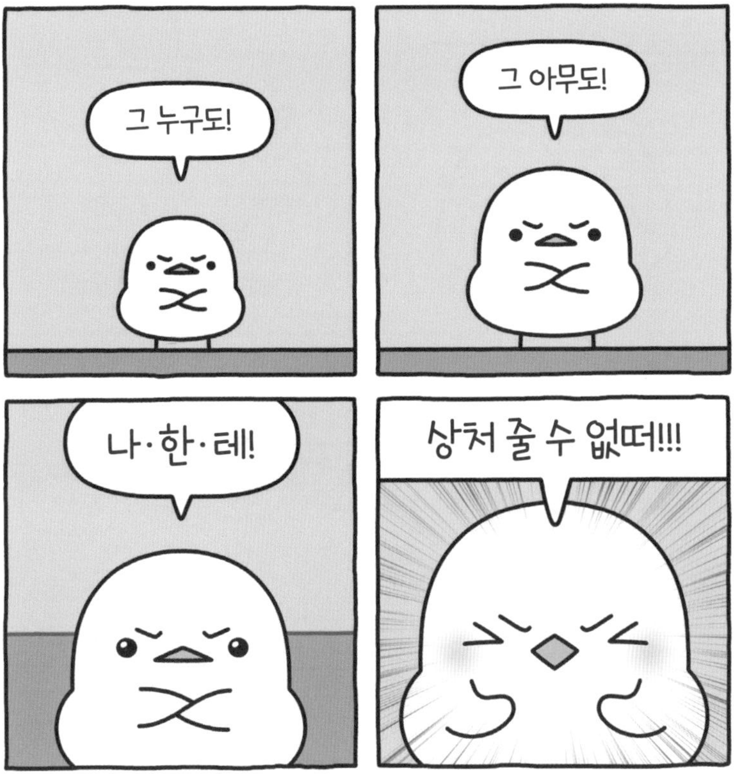
그 누구도!
그 아무도!
나·한·테!
상처 줄 수 없떠!!!!

상처받을지 말지는 내가 결정해

아무런 이유 없이
넌 최고야
나를 좋아해 주는 사람이 있으면
아무런 이유 없이
그냥 싫어
나를 싫어하는 사람도 존재한다
상처를 주는 것은 자유이나
아싸 새끼~
ㅋㅋ
남이 주는 상처를
병신ㅋㅋㅋ
XXX
뒤적
뒤적
받을지 말지는

오롯이
내가 결정하는 것이다
그러니
애써, 아파하지 말자

어느 순간 잊어버린

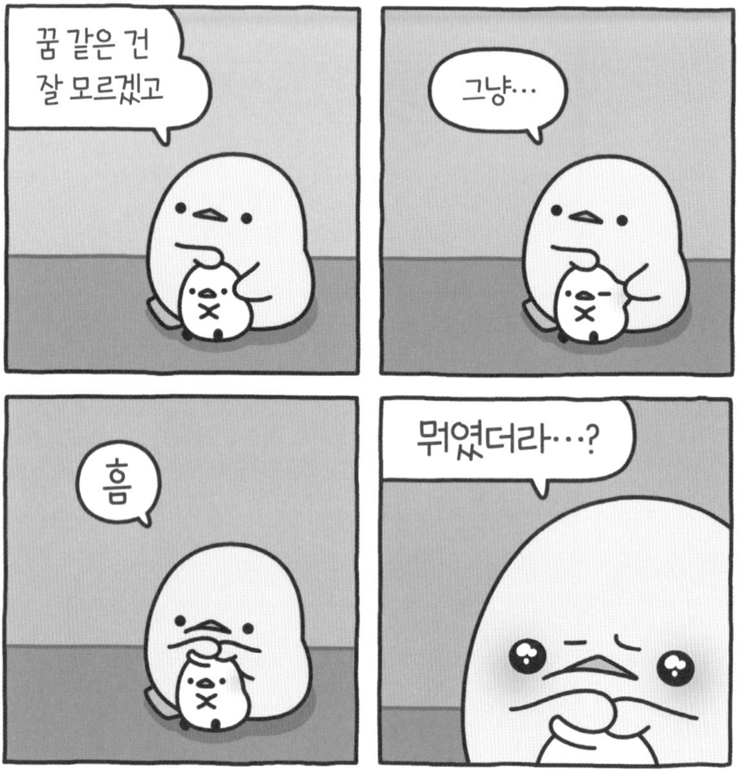
꿈 같은 건
잘 모르겠고
그냥…
흠
뭐였더라…?

내 꿈은 돌멩이

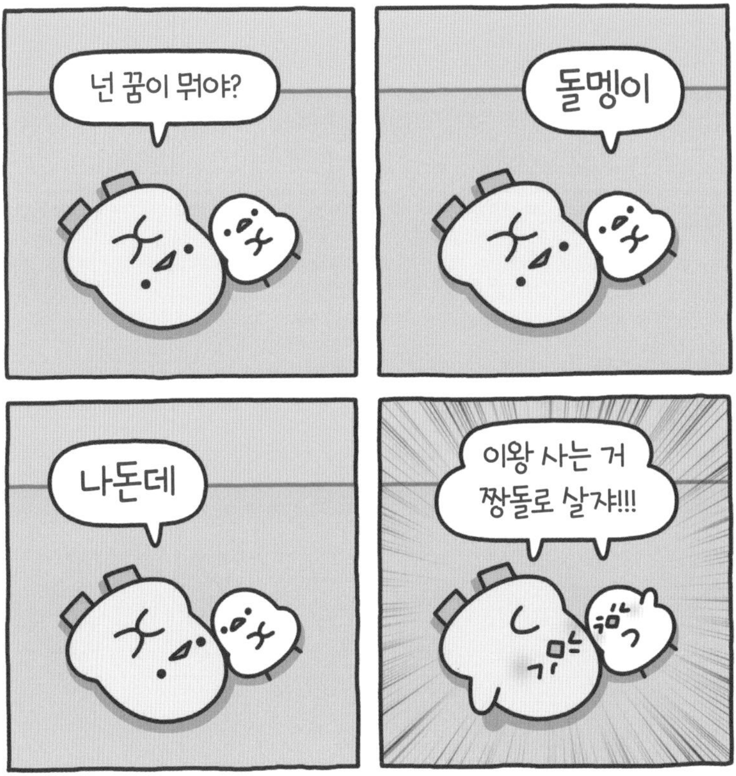
넌 꿈이 뭐야?
돌멩이
나돈데
이왕 사는 거
짱돌로 살쟈!!!

참 이상합니다.

누군가 제게 꿈을 물어본다면 뭐라 답해야 할지 잘 모르겠습니다. 어렸을 땐 화가, 과학자 뭐 이런 거창한 꿈이 있었던 것도 같은데 말이죠. 10여 년간 주야장천 병아리만 그리다 보니 제 꿈이 병아리가 되고 싶은 건가 생각한 적도 있습니다.

분명 어린 시절엔 꿈이 있었던 것 같은데…. 초등학교 미술 선생님께 늘 1등으로 칭찬받던 아이는 다 큰 나이가 되어 꿈에 대해서 생각하고 있습니다. 남들 다 하니까 얼결에 따라가는 꿈이 아니라, 진정한 나의 꿈이 무엇인지를요.

제가 이미 꿈을 이뤄서 그런 걸까요? 아니면 꿈이란 단어에 파묻혀 잊고 살아가는 걸까요? 저처럼 답할 수 없는 꿈을 쥔 채, 어디로 가야 할지 모르고 방황하며 사는 사람들이 많이 보이는 것 같아요. 저는 꿈이 작가가 아니었지만 매일 노력하였더니 누군가에겐 꿈이라고 부를 수 있는 직업인 작가가 되어 있었습니다. 그러니 또 매일을 충실히 살다 보면 어느덧 꿈 언저리에 도착해 있지 않을까요? 그런데 꿈이 있으면 어떻고 없으면 어떤가요? 누군가 꿈을 물어본다면 그냥 "어제 돼지꿈 꿔서 로또나 샀다!"라고 하세요.

그저… 돌멩이로 살고 싶은 요즘입니다.

너만 모르지, 너 귀여운 거

그렇게 귀여우면 무슨 기분이야?
내가 귀엽다구…?
난 멋져 보이고 싶은뎅
그래, 귀엽고 멋지고 너 다 해라~

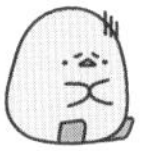

애쓴 거 다 알아

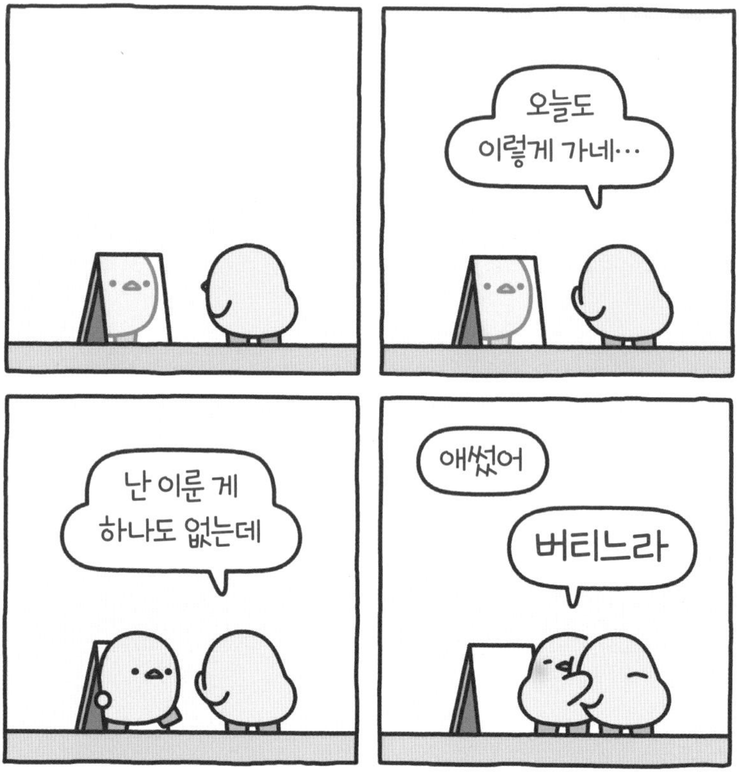
오늘도
이렇게 가네…
난 이룬 게
하나도 없는데
애썼어
버티느라

늦은 점심 힘겹게 눈을 뜹니다.

집은 적막함과 고요함이 맴돕니다. 어머니는 새벽부터 나가셔서 다음 날 새벽에야 돌아오십니다. 하루의 끝을 알리듯, 닫힌 방문 너머 도어록 소리가 들려옵니다. 그 소리를 듣고 왜인지 모를 안도의 한숨을 내쉬며 깊은 잠에 빠져듭니다.

하루는 어머니께 열심히 사는 이유에 대해 물은 적이 있습니다. 어머니께서 말씀하시길 "내가 죽을 나이가 되어 인생을 돌이켜 봤을 때 스스로에게 후회하고 싶지 않아서"라고 하셨습니다. 그 후회 없는 삶 속엔 자식들도 있다 생각했기에 더 이상 되묻지 않았습니다.

오늘도 방문 너머 들리는 어머니의 소리를 껴안고 잠에 들어봅니다.

25%

자신감 충전

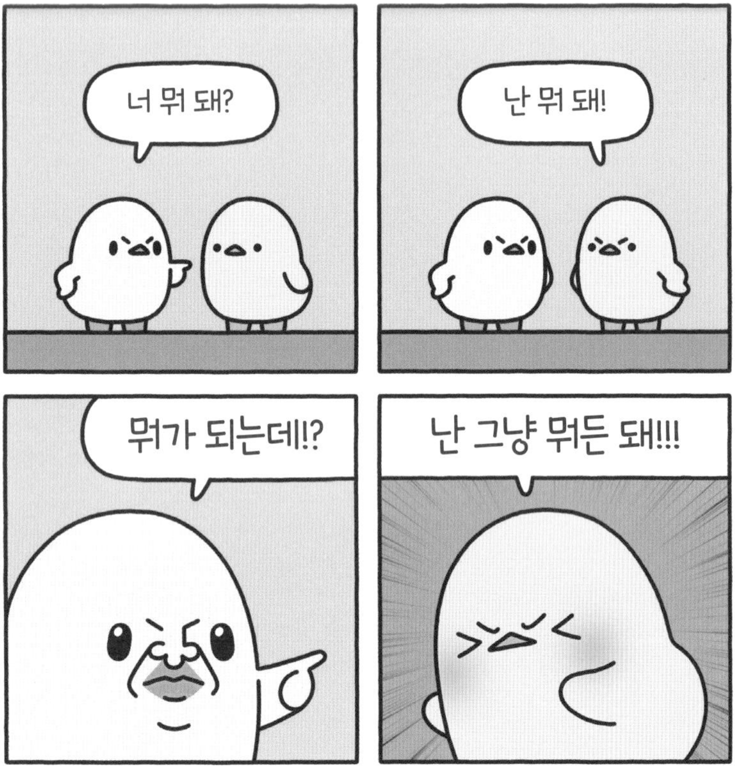

너 뭐 돼?
난 뭐 돼!
뭐가 되는데!?
난 그냥 뭐든 돼!!!

난 할 수 있당!
해낼 수 있당!
해내고 만당!
난 개쩌는 병아리니깐!

한때는 정답이 없다고 생각해서 좌절한 적도 있었습니다. 그런데 곰곰이 생각해 보니 인생은 그래서 더 좋은 거 아닐까요?
100점짜리 인생을 가슴에 품고 살아가는 모든 뾰롱이들에게 말하고 싶습니다. 밑도 끝도 없는 자신감을 꽉 채워 멋진 인생으로 만들어 봅시다.

나답게

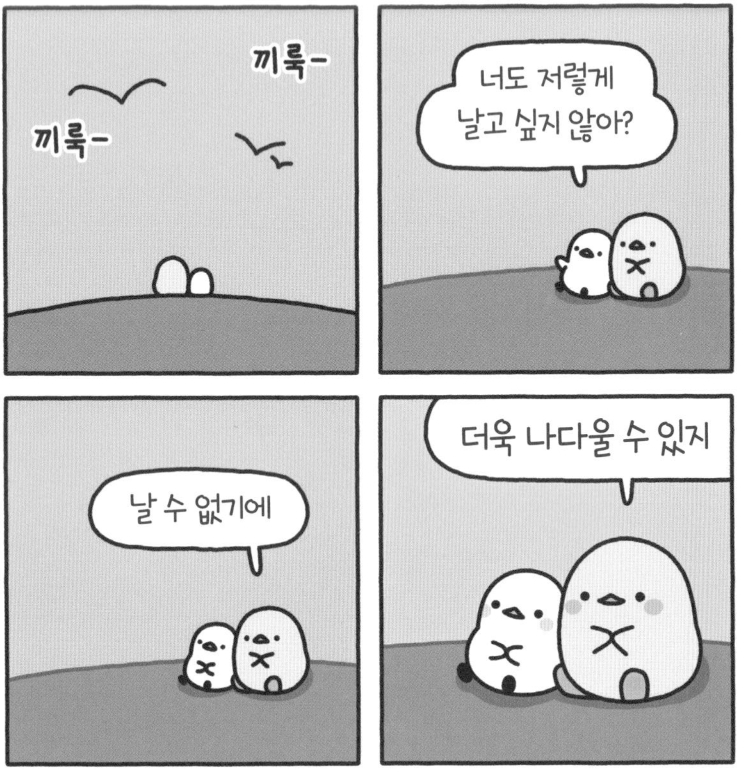
끼룩-
끼룩-
너도 저렇게 날고 싶지 않아?
날 수 없기에
더욱 나다울 수 있지

간혹가다 뾰롱이도 날 수 있냐는 질문을 받곤 합니다.

남들처럼 대학을 졸업하지도, 번듯한 직장을 오래 다녀본 적도 없이 줄곧 병아리만 그려온 저는 자존감이 높지 않은 사람이었습니다. 군데군데 비어 있는 자존감을 뾰롱이를 통해 하나하나 채워갔던 것 같습니다. 서른 번의 도전 끝에 승인된 이모티콘도, 매일매일 올리는 인스타툰도 꾸준함이라는 단어 하나에 온전히 집중하며 살아온 결과물입니다.
사실 제일 힘든 부분이지만 남들과의 비교를 멈추고, 지금 내 위치에서 할 수 있는 최선을 다하다 보면 자그마한 결과물이 하나둘 쌓여 완성되어 가는 자신을 만날 수 있을 거예요.

뾰롱이도 날 수 있냐고요?
날 수 있습니다. 이게 제 자존감이에요.

텅 빈 행복

누가 날 행복하게
해 줄 수 있을까?
똑똑똑-
'행복' 배달 왔습니당!
엥 아무것도 없잖아…
'남'한테 찾지 말고
'나'한테 찾으세용
그 행복

한 계단씩 천천히

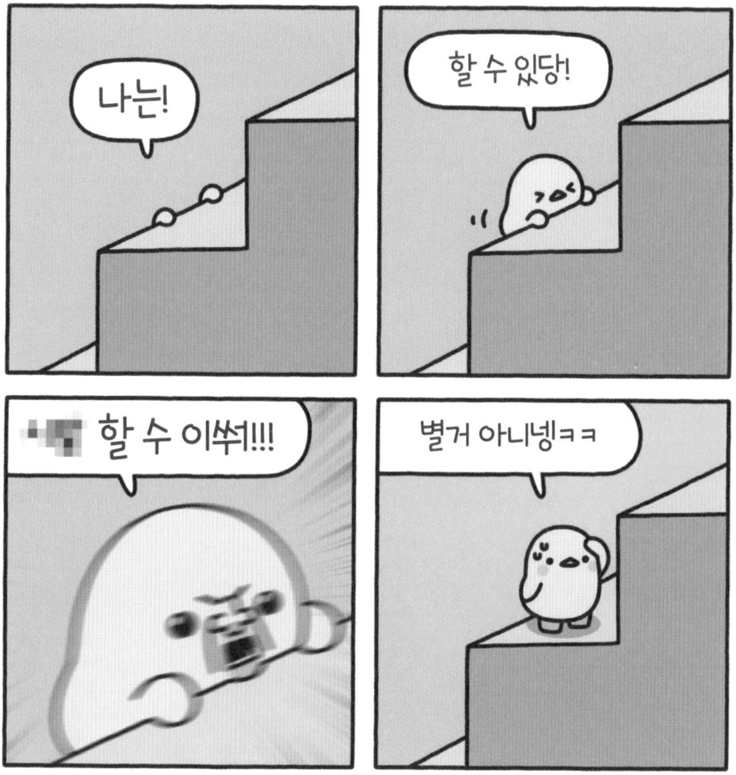
나는!
할 수 있당!
할 수 이써!!!
별거 아니넹ㅋㅋ

거꾸로 보는 만화

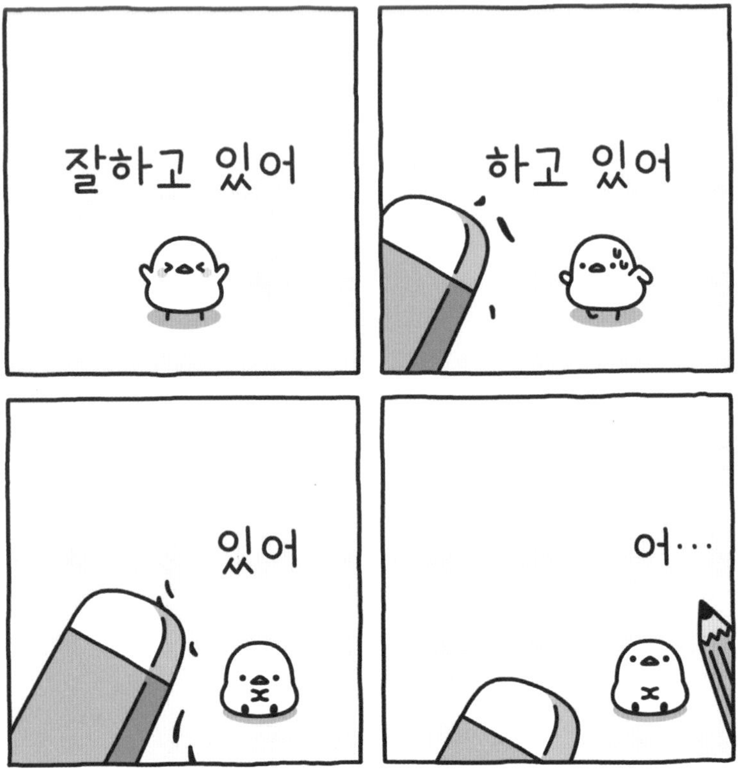
잘하고 있어
하고 있어
있어
어…

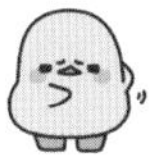

처음 사는 인생

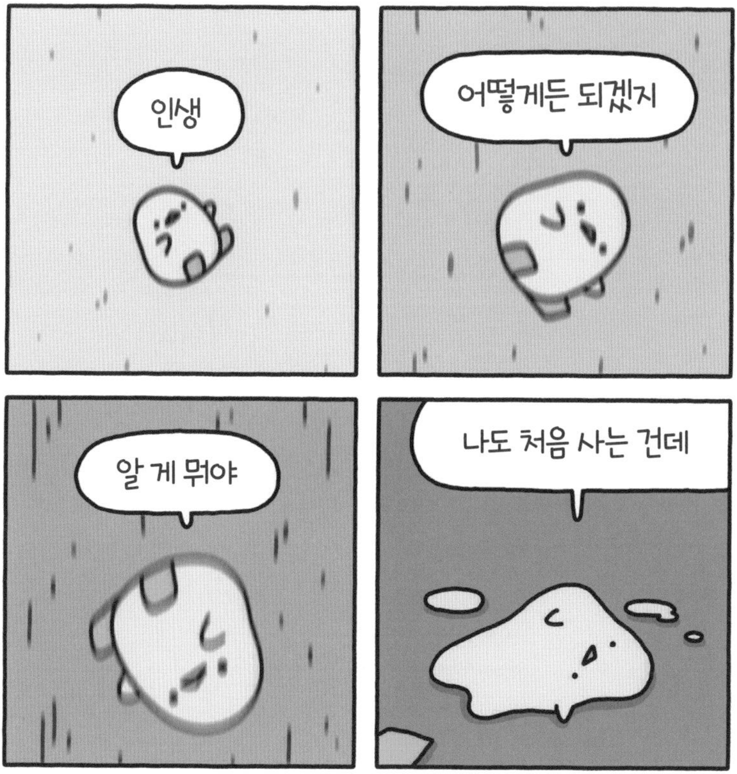

인생
어떻게든 되겠지
알 게 뭐야
나도 처음 사는 건데

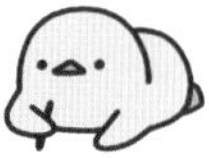

큰 그림

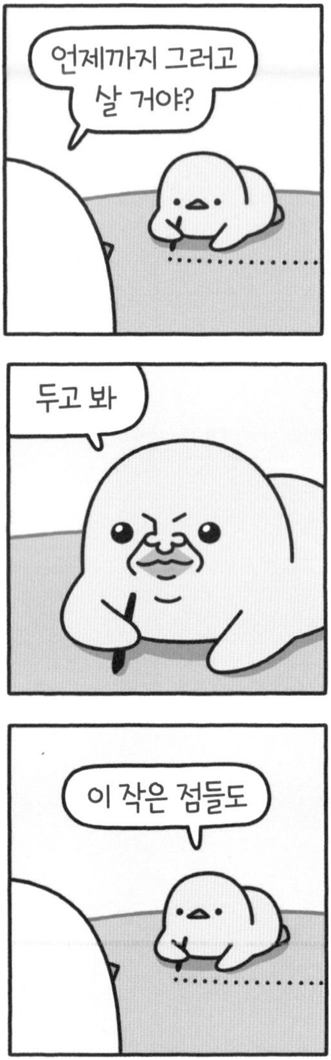

언제까지 그러고 살 거야?
두고 봐
이 작은 점들도

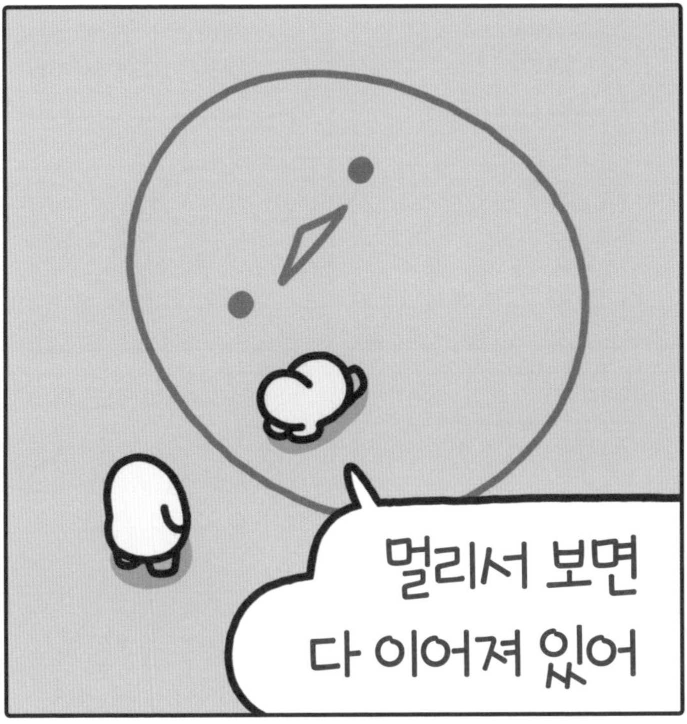
멀리서 보면
다 이어져 있어

#꼭 지켜봐, 난 해낼 거니깐

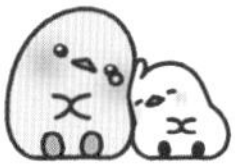

척척박사

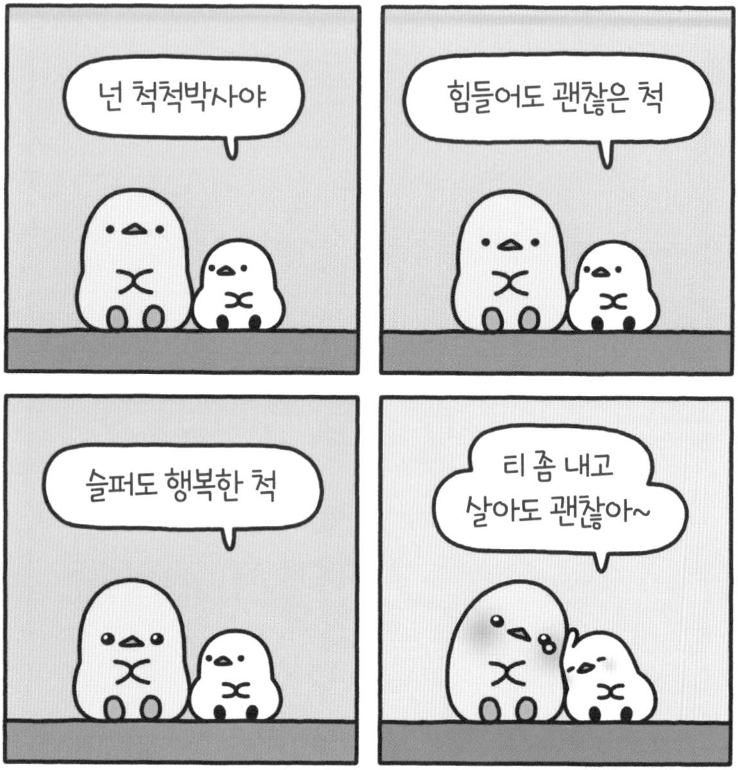

넌 척척박사야
힘들어도 괜찮은 척
슬퍼도 행복한 척
티 좀 내고
살아도 괜찮아~

우리는 누구나 가면을 쓰고 살아갑니다.

힘든 몸을 이끈 채 지인들과의 약속을 다녀오고 나면 롱패딩을 벗듯 두꺼운 가면을 벗어 옷걸이에 걸어 둡니다. 그리고 확인합니다. 오늘은 얼마나 긁혔는지, 묻은 먼지는 없는지. 다음에도 써야 하는 이 가면을 열심히 닦아 놓습니다. 가면을 너무 오래 쓴 탓인지 이젠 제 자신이 헷갈리기까지 합니다.
나 자신을 있는 그대로 보여 줄 수 있는 사람이 누군지 곰곰이 생각해 보았습니다. 저는 그게 저 자신이었습니다. 오늘도 소중하고 내일이 더 소중한 나에게 솔직하게 말해 봅니다. 남의 눈치 보지 말고 생긴 대로 사는 것도 나쁘지 않다고요.

온전히 나 자신을 보여 줄 수 있는 누군가가 곁에 있다는 건
참으로 감사한 일입니다.

안티 스트레스 다른 그림 찾기

신나는 물놀이가 한창이에요.
두 그림에서 서로 다른 모습 다섯 군데를 찾아보아요.

•정답: 256쪽

CHAPTER. 3

내가 잡을 테니, 넌 힘을 빼도 돼

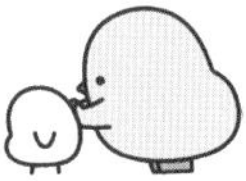

있는 모습 그대로를 응원해

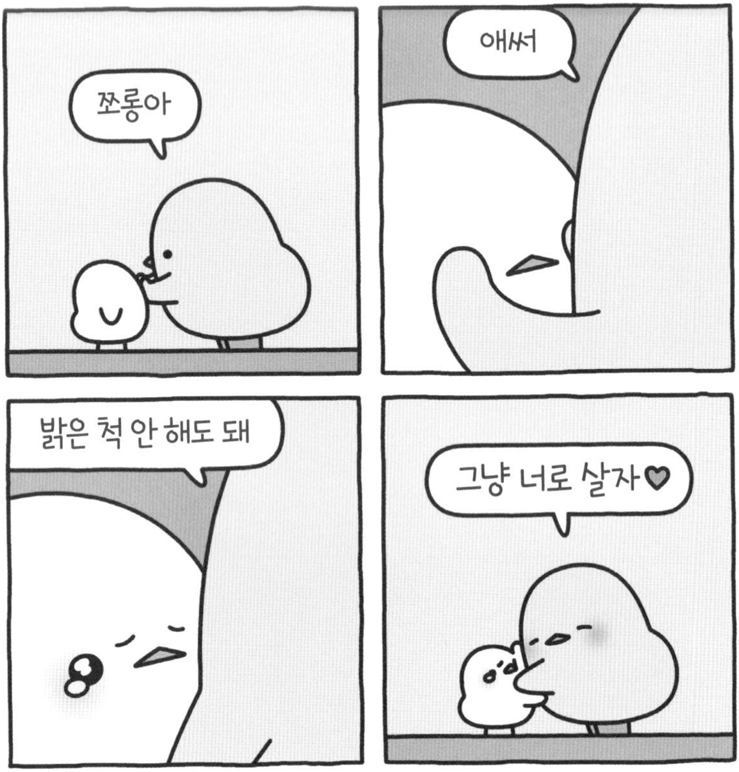
쪼롱아
애써
밝은 척 안 해도 돼
그냥 너로 살자♥

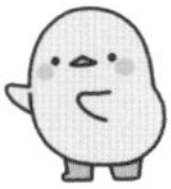

너라니깐!

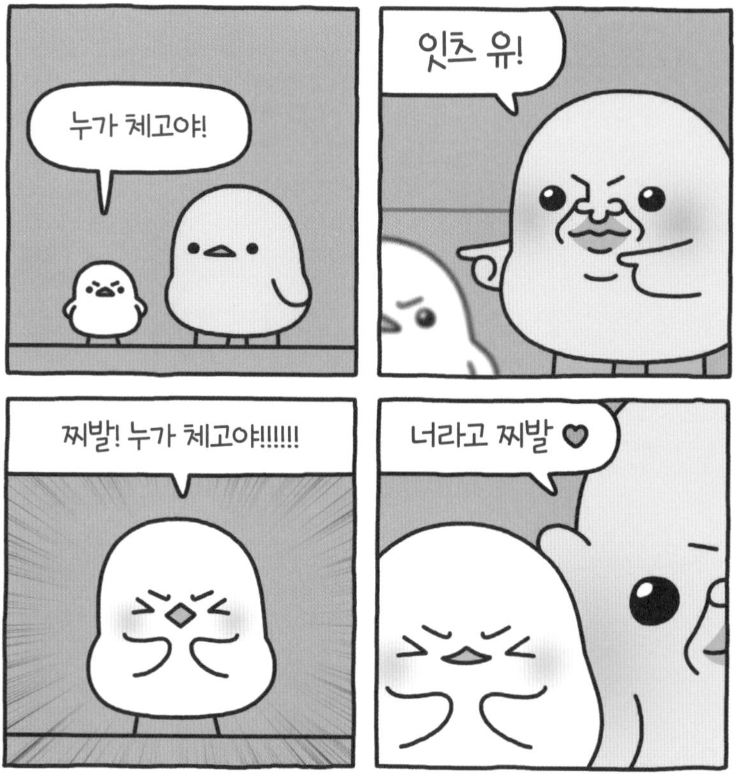
누가 체고야!
잇츠 유!
찌발! 누가 체고야!!!!!!
너라고 찌발 ♥

내가 널 위로하는 방법

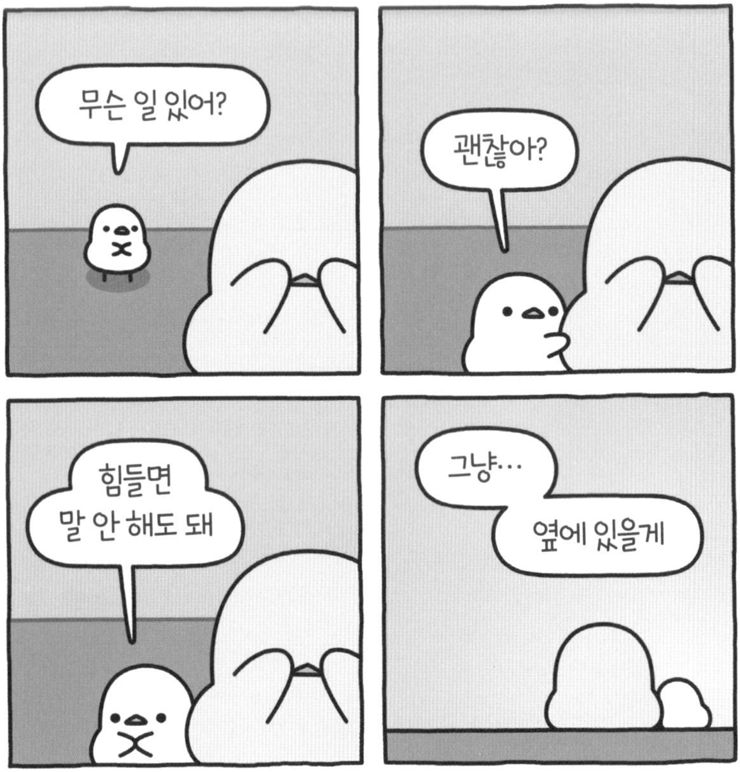
무슨 일 있어?
괜찮아?
힘들면
말 안 해도 돼
그냥…
옆에 있을게

얼마든지

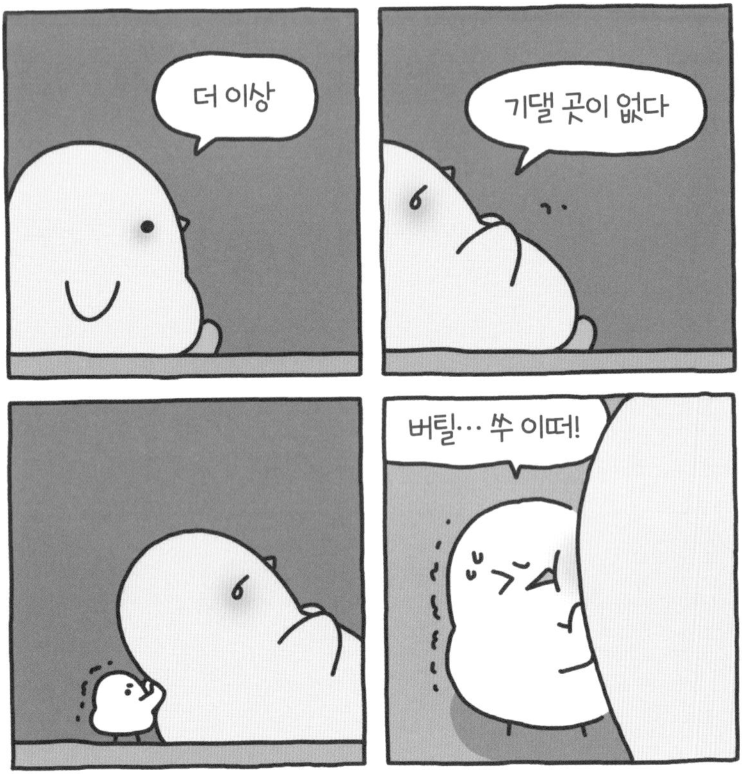
더 이상
기댈 곳이 없다
버틸… 쑤 이떠!

내가 말해 줄게

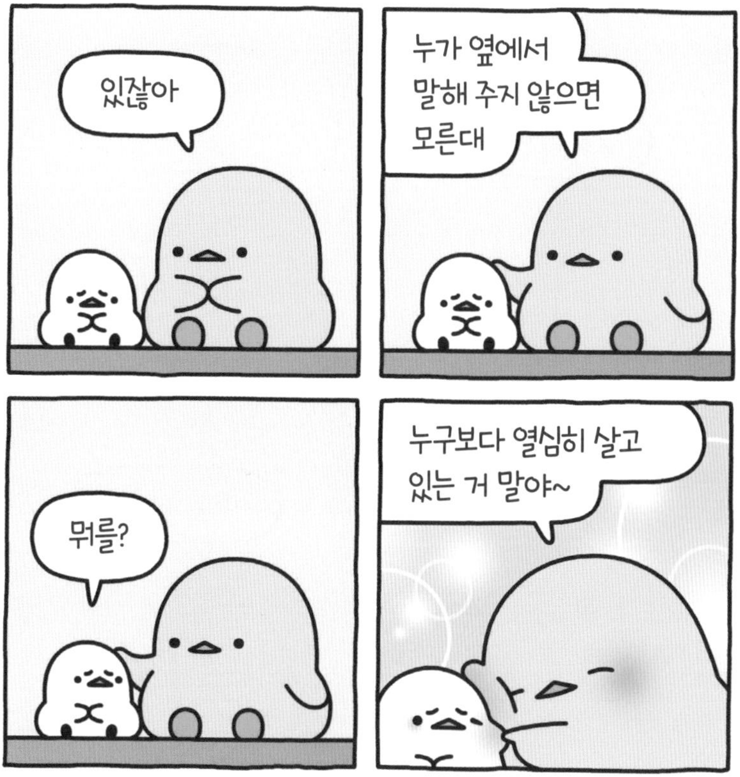
있잖아
누가 옆에서 말해 주지 않으면 모른대
뭐를?
누구보다 열심히 살고 있는 거 말야~

난 상대방
눈을 볼 때
어떤 슬픔을
지니고 있을까 생각해
난 어때 보여?
어디 보자…

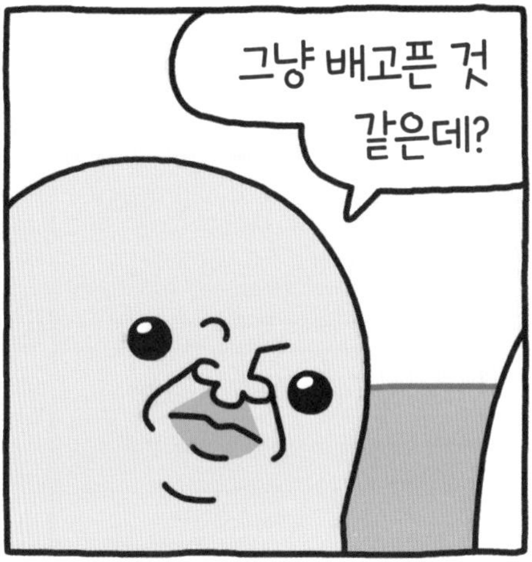
그냥 배고픈 것
같은데?

#내 말이 맞지?

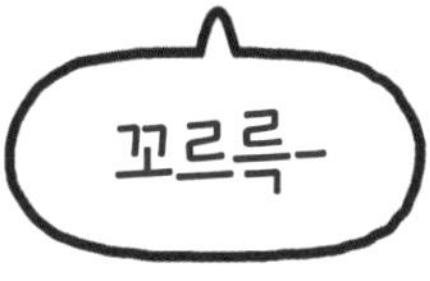
꼬르륵-

공허한 너를

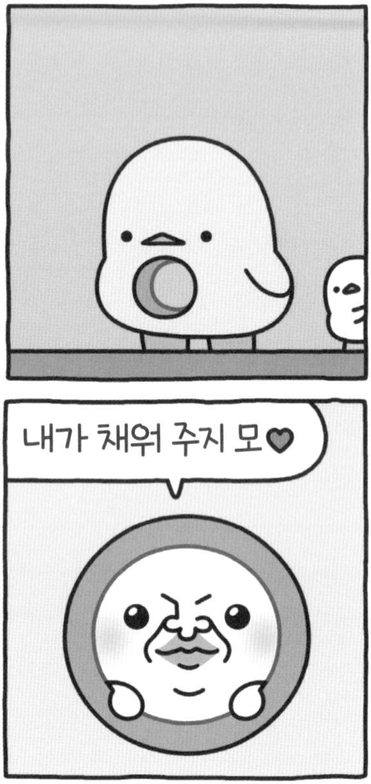

내가 채워 주지 모

장거리 연애

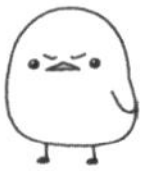

해결사 쪼롱이

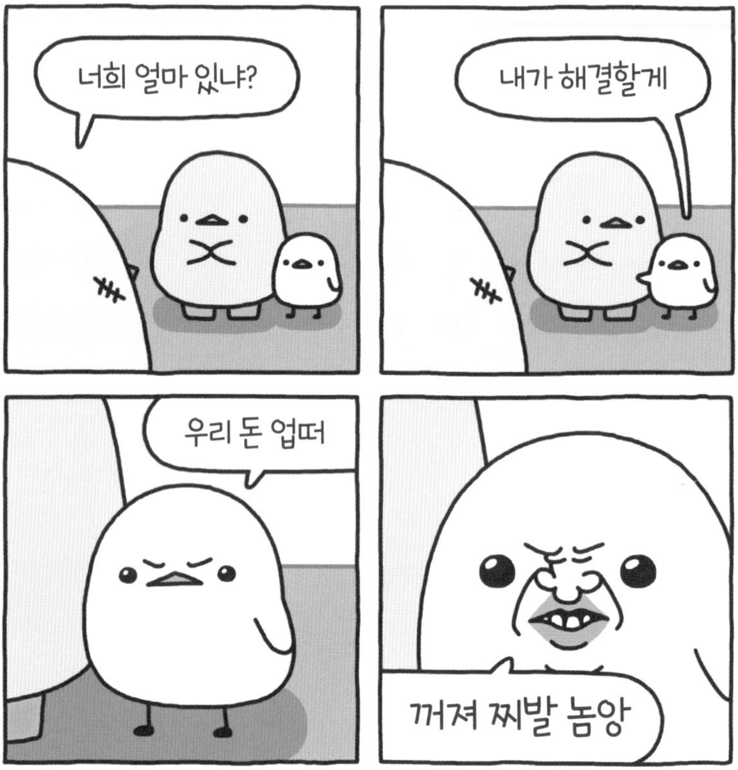

너희 얼마 있냐?
내가 해결할게
우리 돈 업떠
꺼져 찌발 놈앙

수줍은 외침

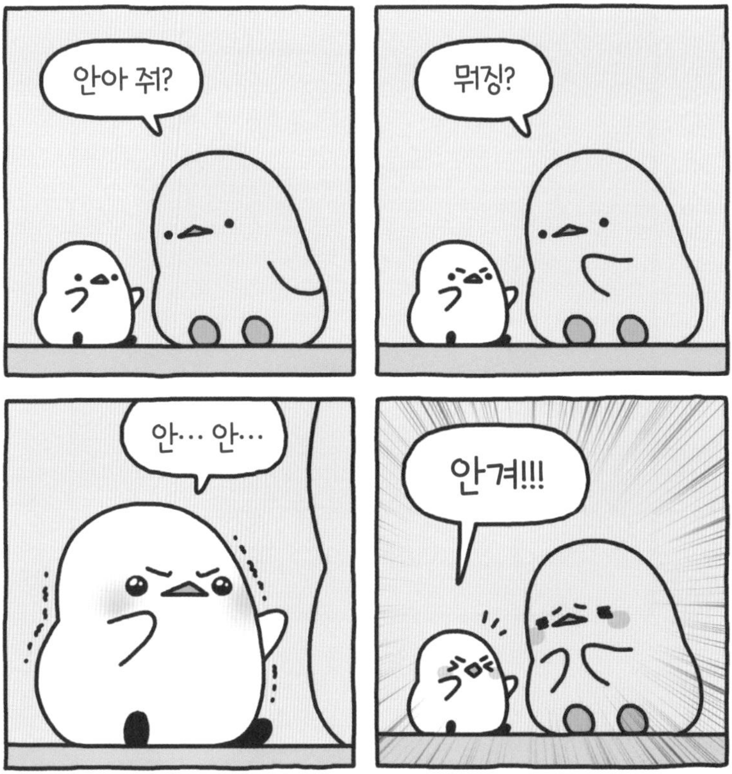
안아 줘?
뭐징?
안… 안…
안겨!!!

#이런 너를 어떻게 안 좋아하겠어

사랑은 같이

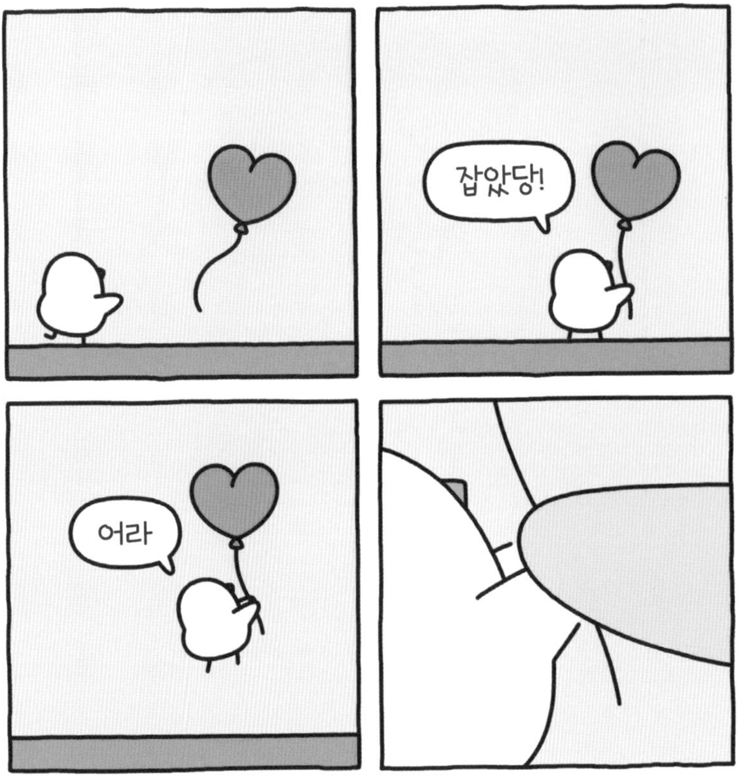
잡았당!
어라

같이 잡는 거야

인연에서 연인이 되기까지의 과정은 참 신기한 것 같습니다. 앞 글자와 뒷 글자 하나 바꿨을 뿐인데 사랑이란 단어로 매듭지어지니 말입니다.
같은 곳을 바라보며 같은 길을 걷는 것 말고, 한곳을 같이 바라보며 함께 길을 걷는 것. 사랑의 끝이 어딘지는 잘 몰라도 서로 매듭을 쥐고 있는 순간에 얻는 감정들이 분명 있다고 생각합니다.

그게 사랑을 잡고 있는 이유가 될 수 있지 않을까요?

든든해

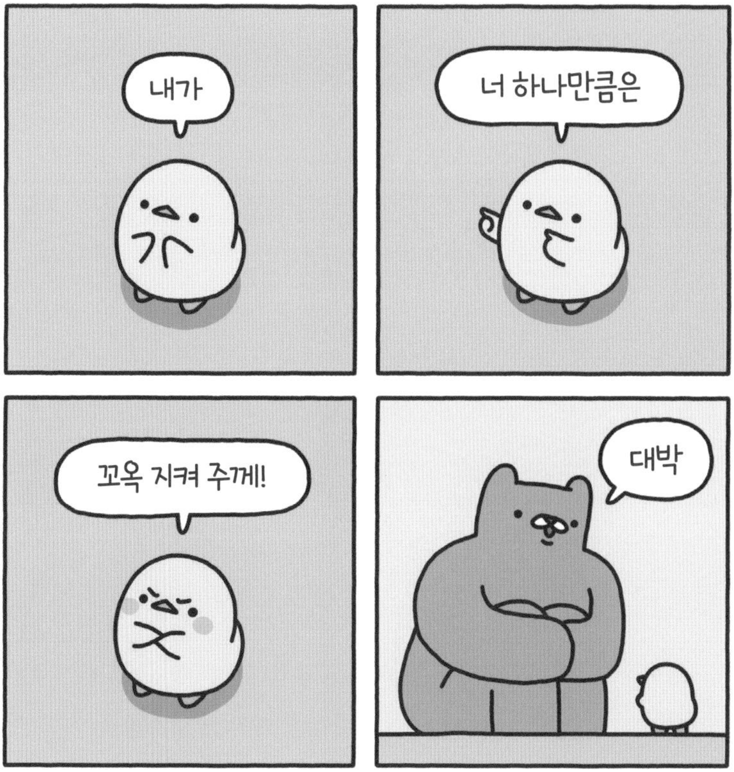
내가
너 하나만큼은
꼬옥 지켜 주께!
대박

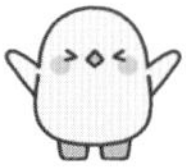

보디가드

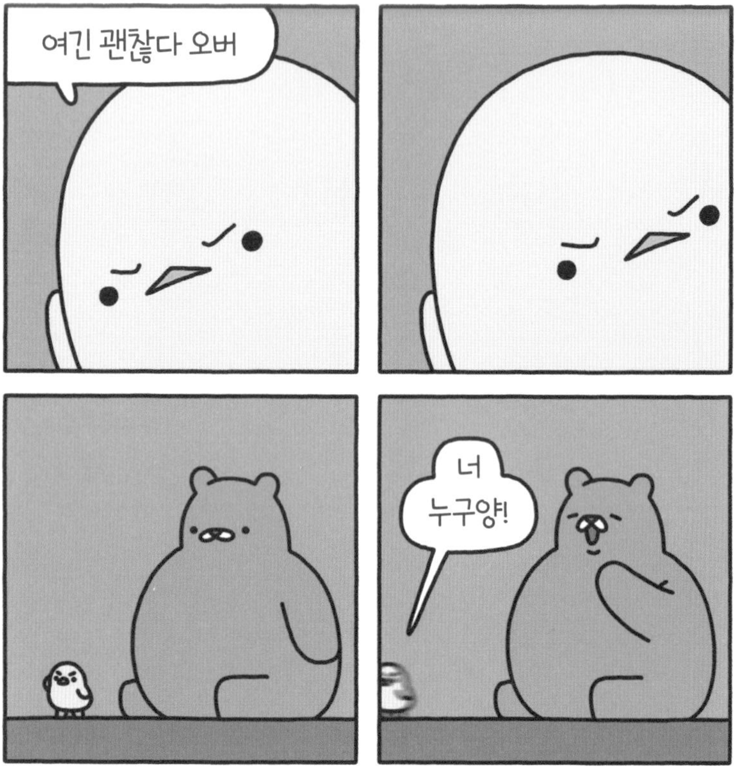
여긴 괜찮다 오버
너
누구양!

사랑의 크기

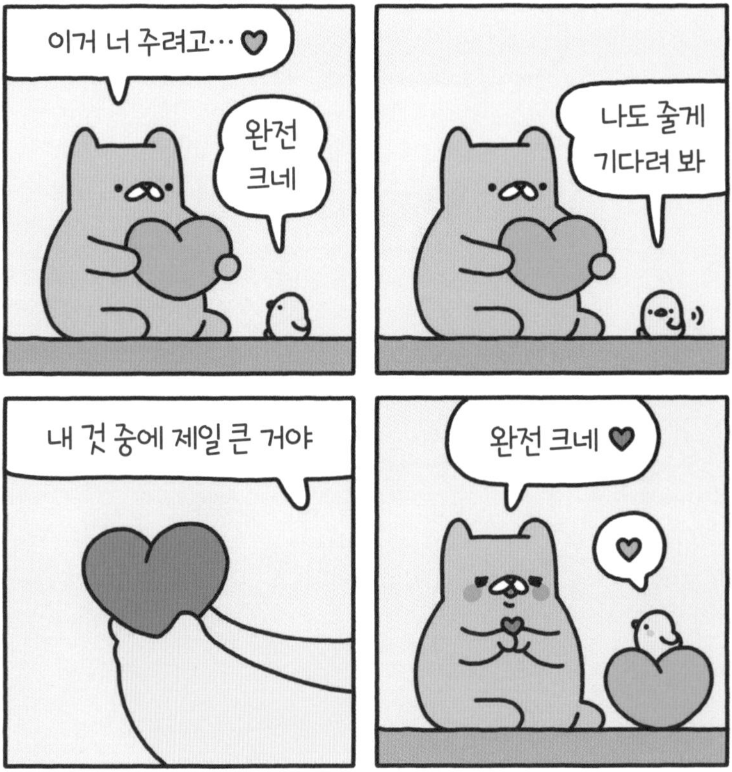
이거 너 주려고…
완전 크네
나도 줄게 기다려 봐
내 것 중에 제일 큰 거야
완전 크네

찐친

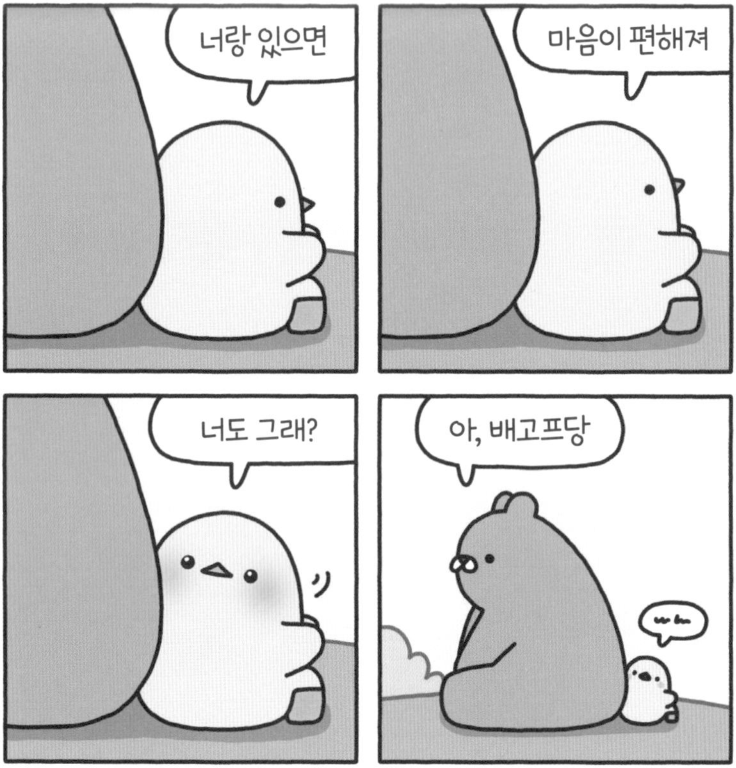
너랑 있으면
마음이 편해져
너도 그래?
아, 배고프당

가끔 그런 생각을 해
내 곁에 있는 게 너라서
그게 나라서 너무 좋아
야, 듣고 이써?
뽁
계란찜
?#@

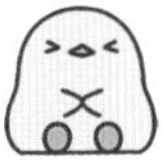

한눈팔지 않는 방법

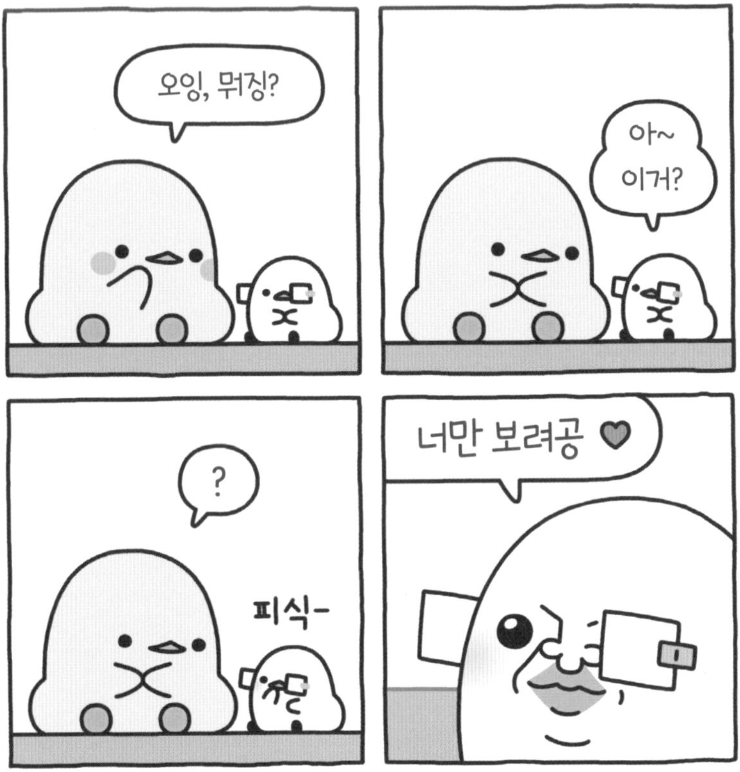
오잉, 뭐징?
아~
이거?
?
피식-
너만 보려공

같이 갈 방법은 있어

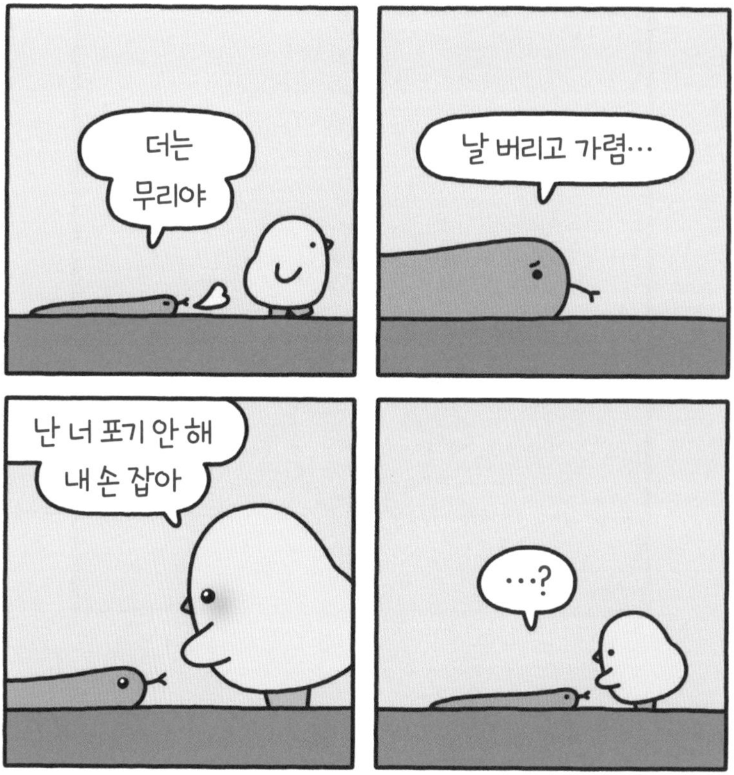
더는 무리야
날 버리고 가렴…
난 너 포기 안 해 내 손 잡아
…?

#이가 없으면 잇몸으로

울 거면

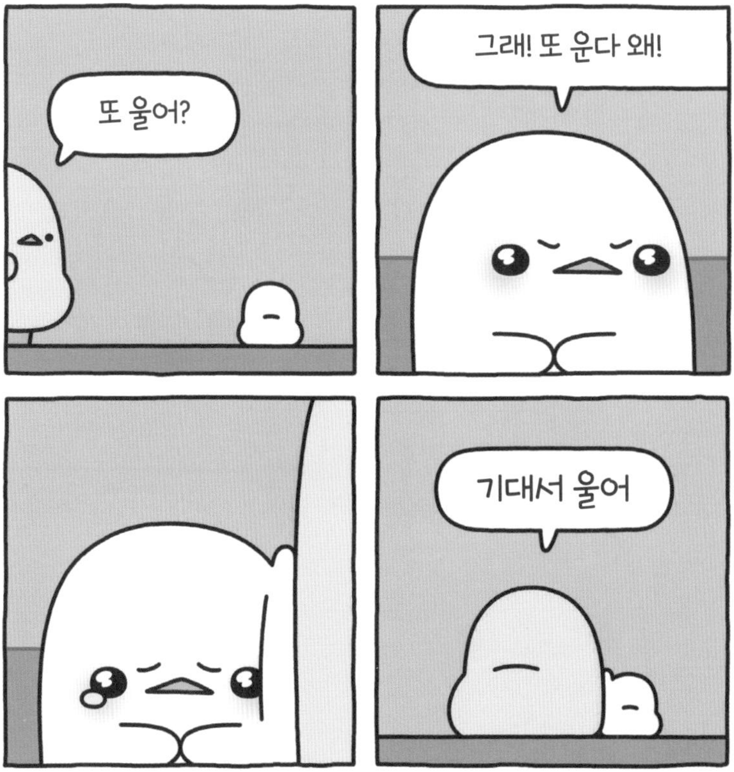
또 울어?
그래! 또 운다 왜!
기대서 울어

내가 보는 게 맞는 거야

넌 참
좋은 아이 같아
내가?
말도 잘 들어 주고
넌 항상 내 편이잖아
아닌데… 그냥
너한테만… 난 잘 모르…
쉿! 그냥 그런 줄 알어

내 우산이 울어

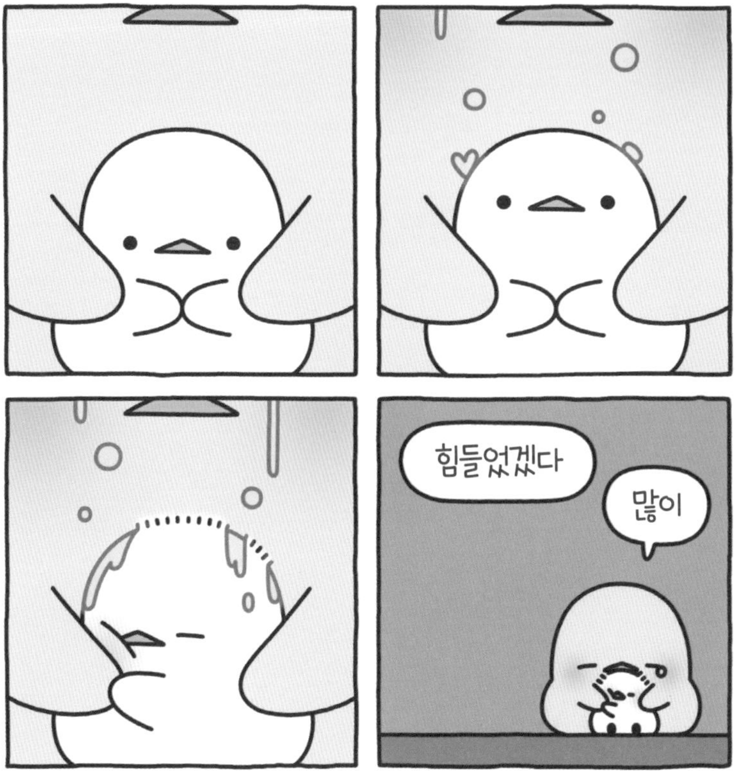
힘들었겠다
많이

상처가 많거든

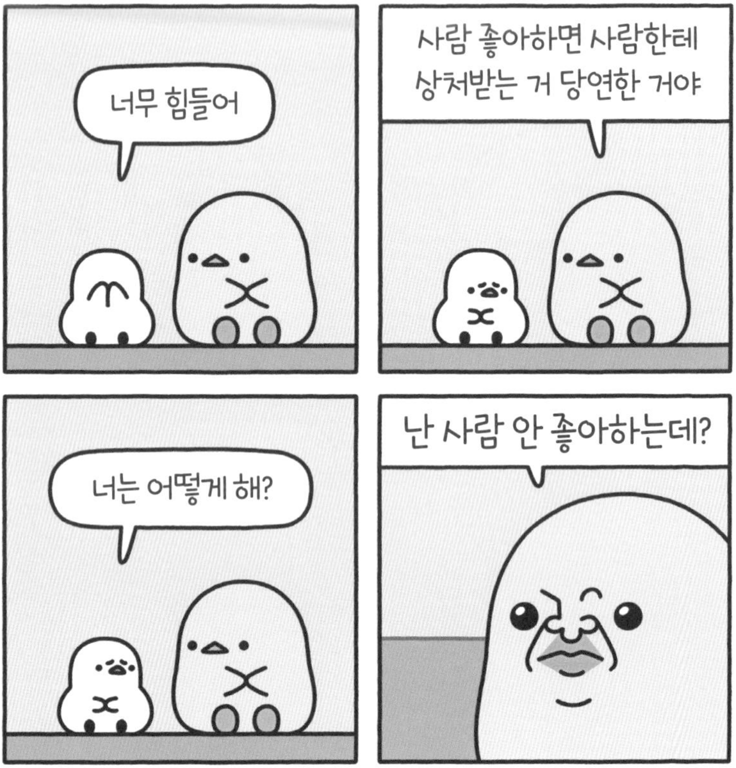
너무 힘들어
사람 좋아하면 사람한테 상처받는 거 당연한 거야
너는 어떻게 해?
난 사람 안 좋아하는데?

계란 초밥

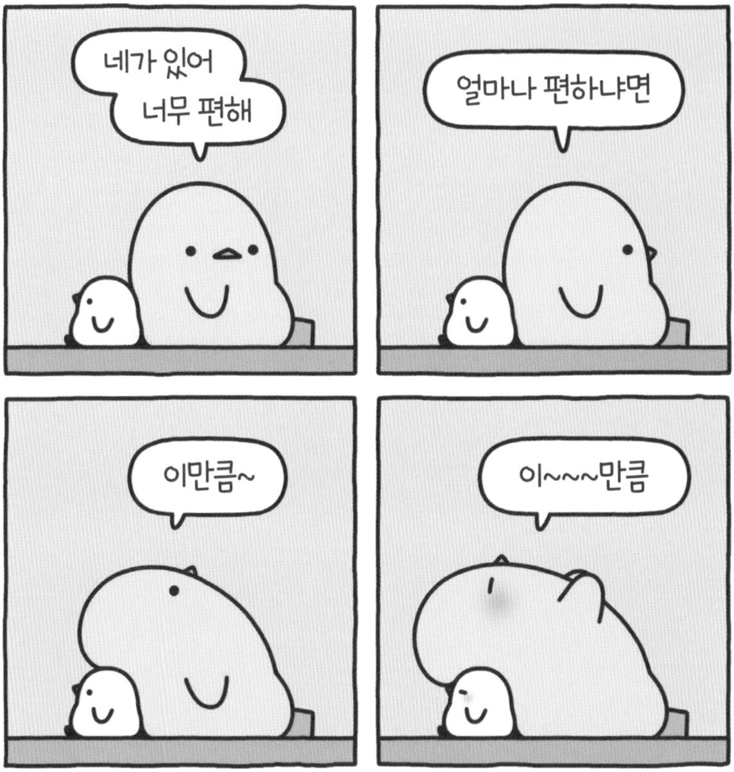

네가 있어 너무 편해
얼마나 편하냐면
이만큼~
이~~~만큼

따뜻한 착각

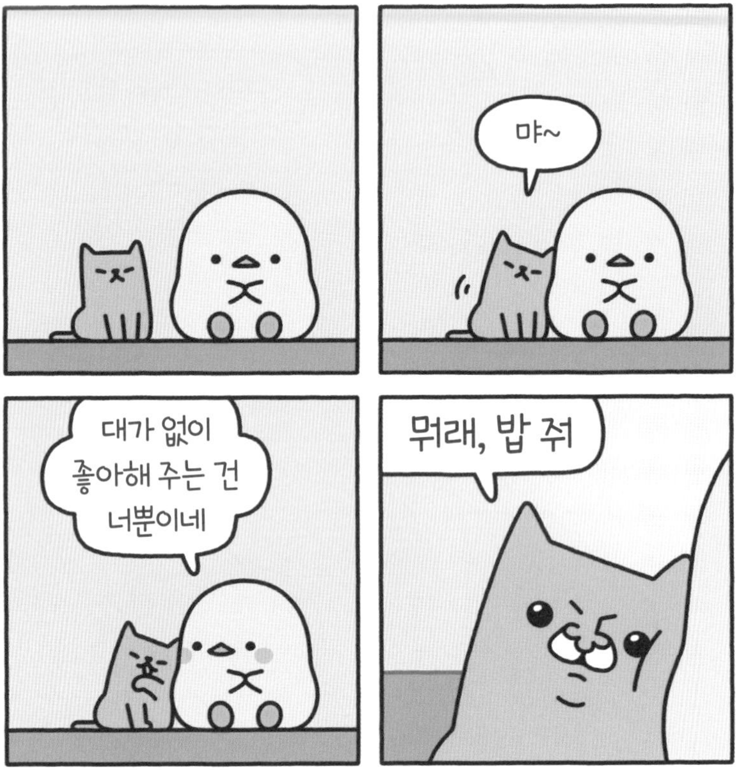

먀~
대가 없이 좋아해 주는 건 너뿐이네
뭐래, 밥 줘

5년 전, 저희 집 강아지가 무지개다리를 건넜습니다.

문득문득 어린 시절 뭣 모르고 강아지를 키우고 싶어 했던 일이 떠오를 때가 있는데, 그때마다 저를 책망하곤 합니다. 그때는 몰랐습니다. 누군가를 책임져야 한다는 무게를요. 아마도 대가 없이 날 좋아해 주는 존재에 대한 대가는, 이별이 아닐까 싶습니다.
그 이별을 슬픈 이별로만 남겨 두기보단 어떻게 하면 행복한 이별로 만들어야 할지 고민하며 사는 것이 저에게 남은 숙제 같습니다. 떠난 강아지가 주고 간 가치 있는 숙제요.

Question

"조건 없이 날 좋아해 주는 이를 떠올려 봐요."

말 안 하면 모르거든

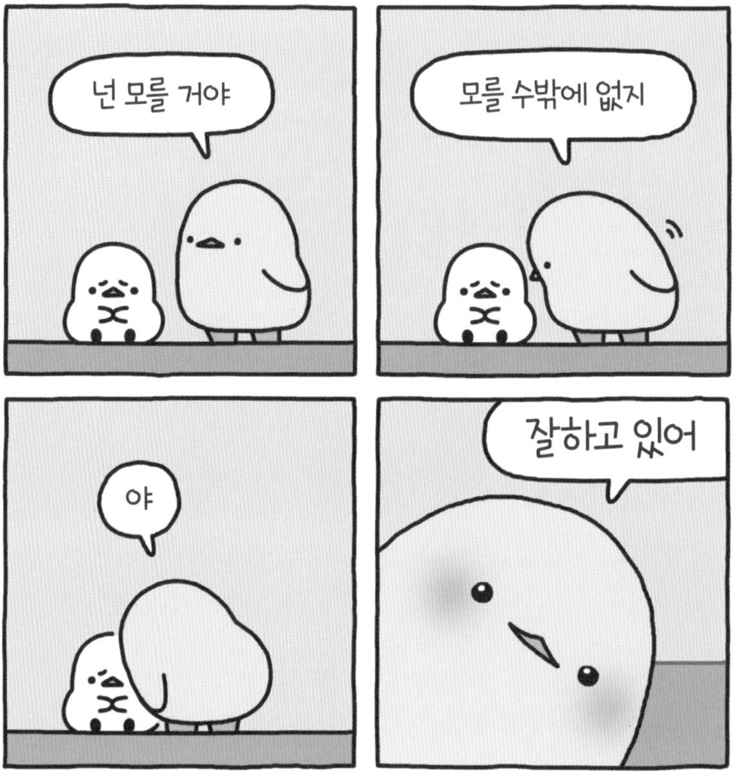
넌 모를 거야
모를 수밖에 없지
야
잘하고 있어

#그게 뭐가 되었든

그런 널 언제나 응원해

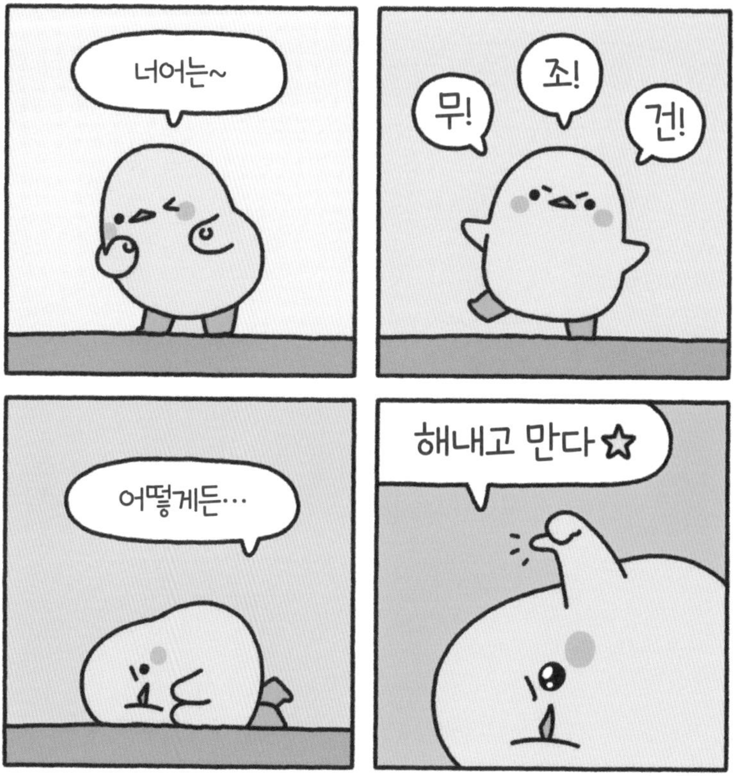
너어는~
무!
조!
건!
어떻게든…
해내고 만다☆

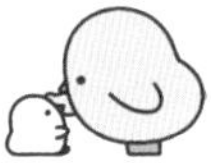

충분히 행복할 수 있어

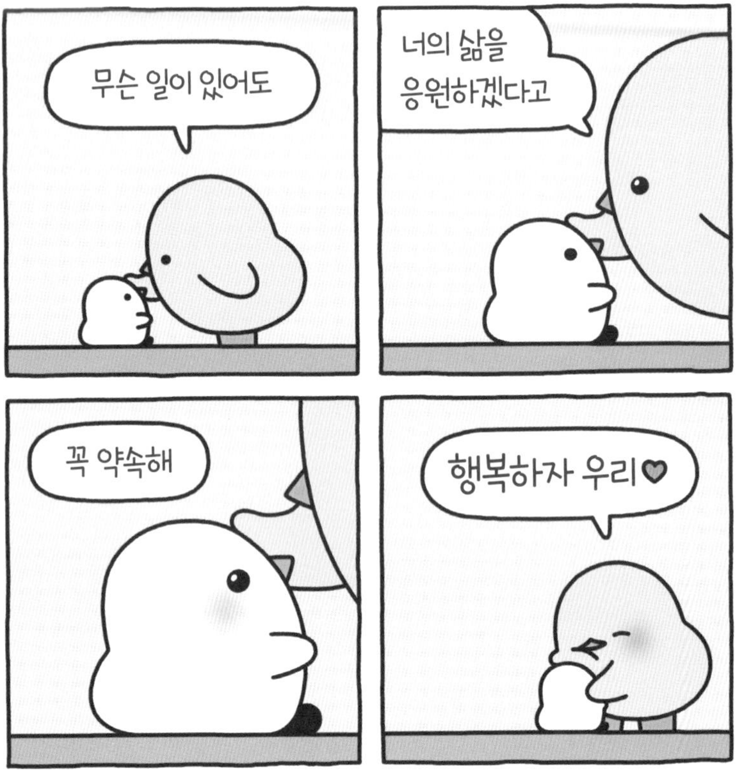
무슨 일이 있어도
너의 삶을
응원하겠다고
꼭 약속해
행복하자 우리♥

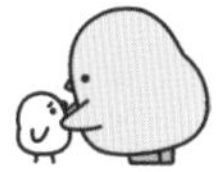

매일매일

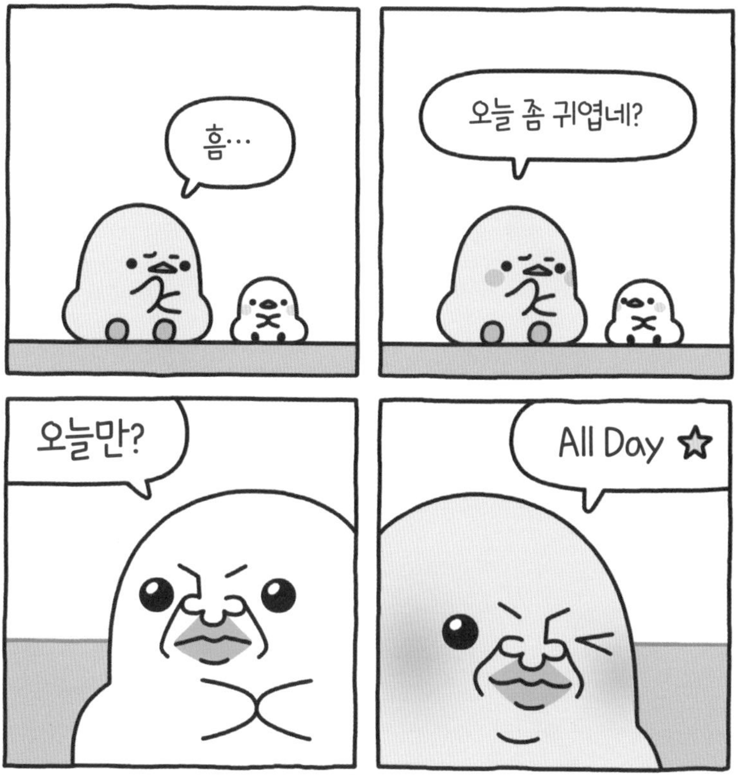
흠…
오늘 좀 귀엽네?
오늘만?
All Day ☆

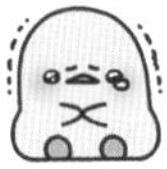

다 괜찮아, 별거 아냐

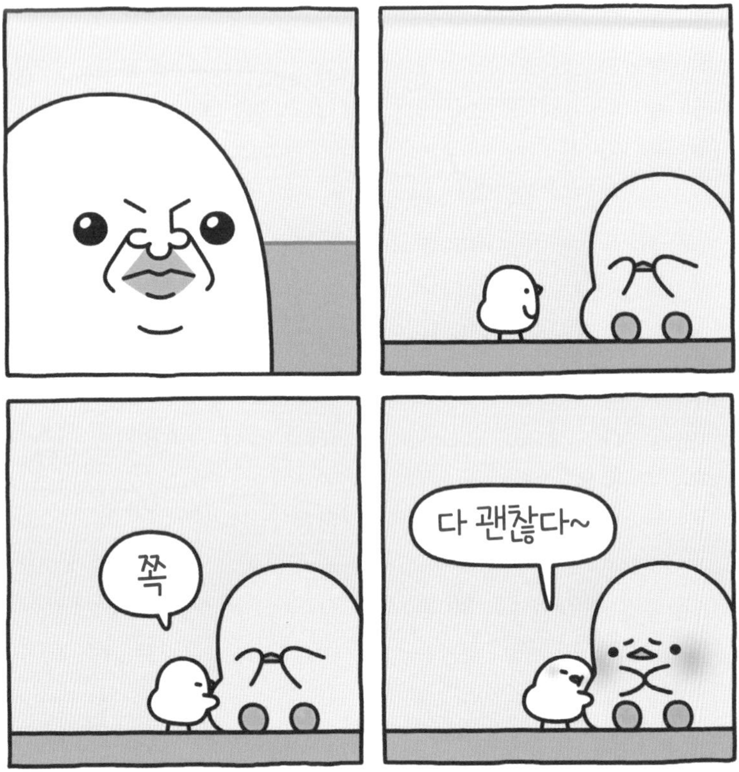
쪽
다 괜찮다~

나 너무 힘들어…
찌발! 별거 아냐!!!
뚝!!!

사는 게 너무 싱겁나, 눈물이 왜 이리 많은지.

내일도 힘들 거고, 내일 또 아플 거고, 내일은 아마 더 슬플 겁니다. 하지만 오늘의 당신이 잘 버텨 왔듯 내일의 당신도 잘 이겨낼 거란 것을 잊지 않았으면 좋겠습니다. 한 방울, 두 방울 뚝뚝 떨어진 나를 마주하고 나서야, 내가 얼마나 빛나는 존재였는지 깨닫게 될 거니깐요.

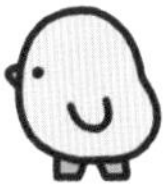

왜 자꾸 따라와

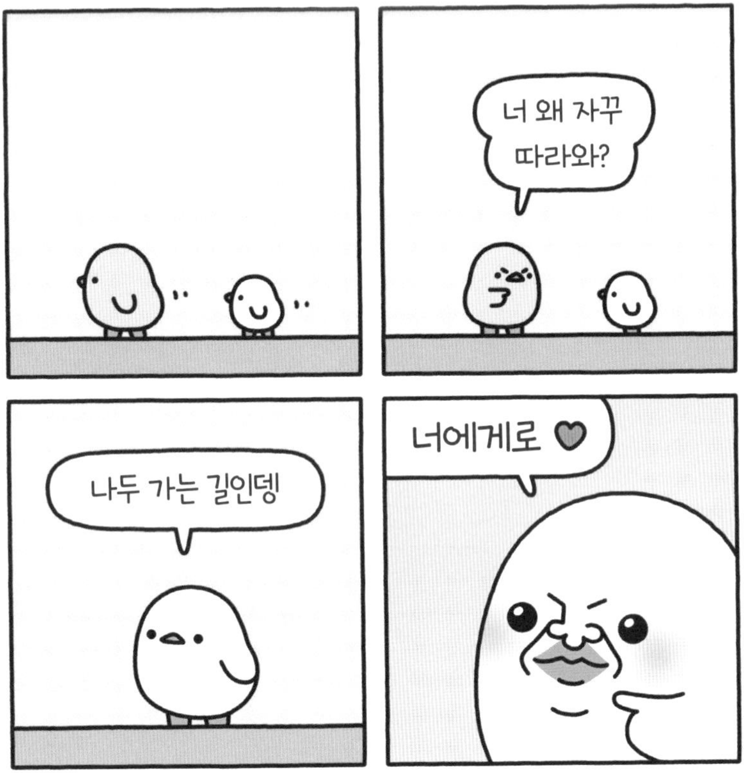
너 왜 자꾸 따라와?
나두 가는 길인뎅
너에게로

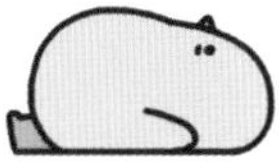

피곤이 몰려온 날

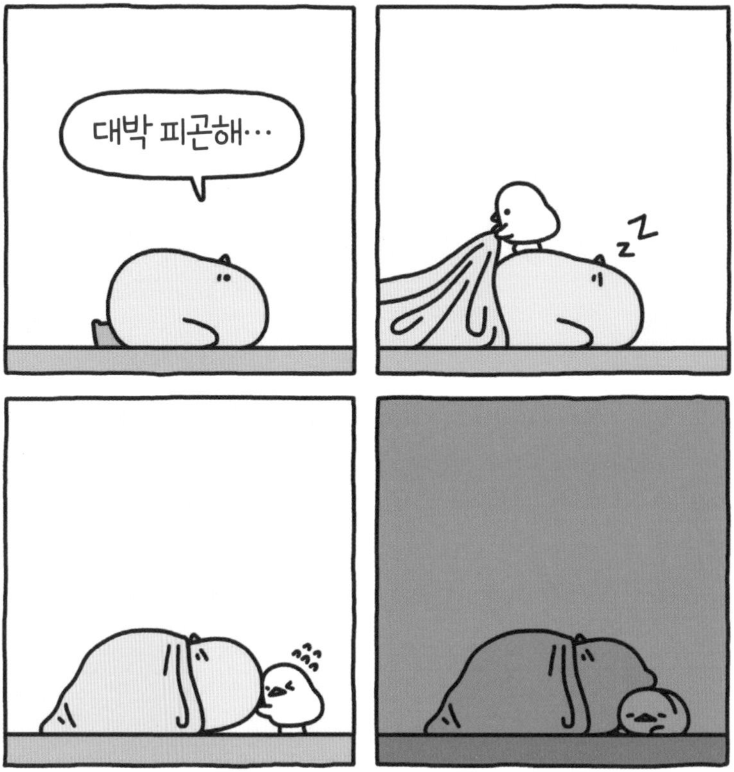
대박 피곤해…
zZ

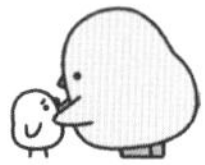

기죽을 필요 없어

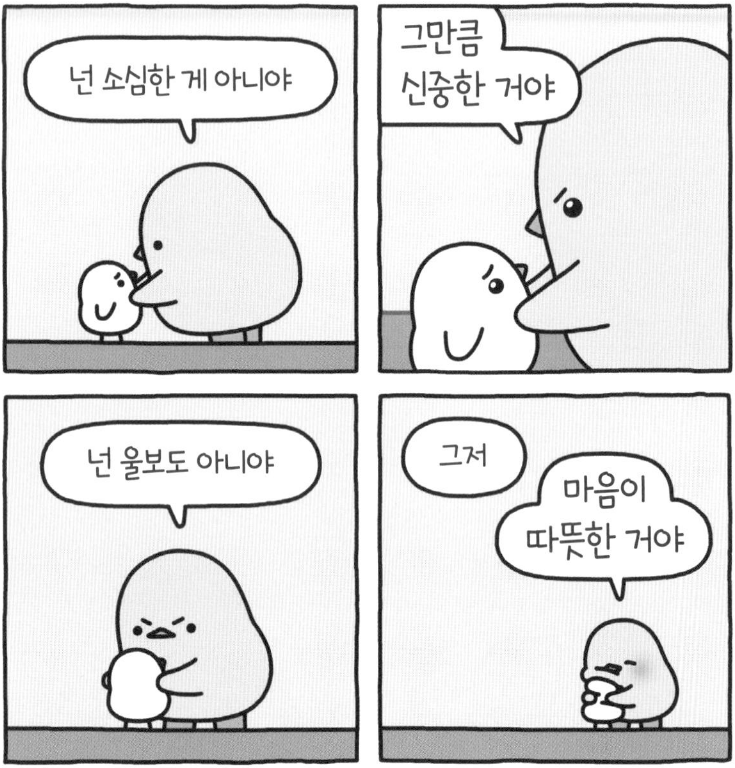
넌 소심한 게 아니야
그만큼 신중한 거야
넌 울보도 아니야
그저
마음이 따뜻한 거야

Question

"내가 좋아하는 나의 성격 다섯 가지를 떠올려 봐요."

편의점

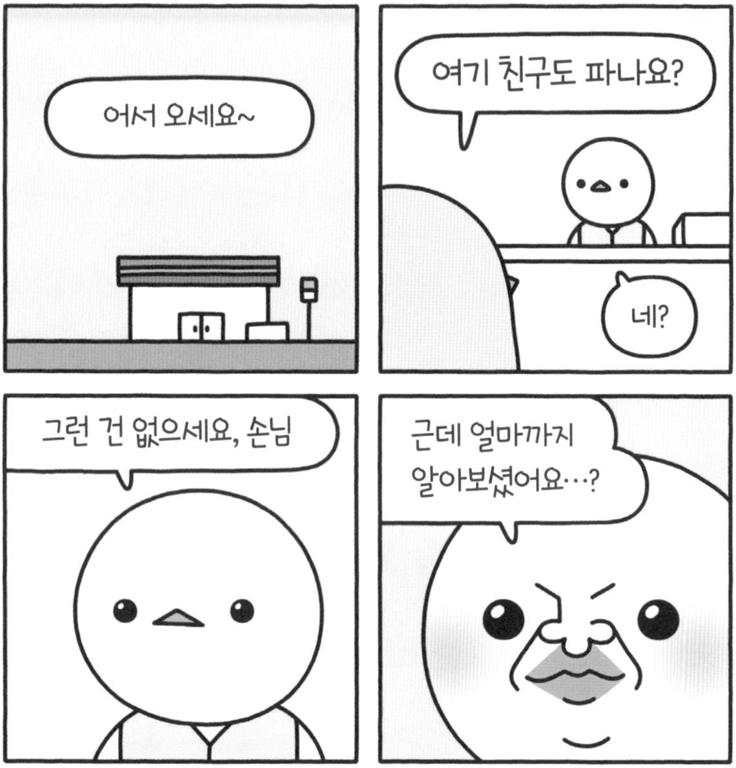
어서 오세요~
여기 친구도 파나요?
네?
그런 건 없으세요, 손님
근데 얼마까지
알아보셨어요…?

저는 친구가 적은 편입니다.

20대에는 인생 친구, 십년지기라는 명목하에 친구들이 있었는데 어느덧 곁을 보니 저 혼자 덩그러니 남아 있더군요. 살아가는 데 있어서 어려운 것 중 하나가 인간관계라고 생각합니다.

도로 위의 교통사고가 비일비재하듯 오늘 하루도 몇 번이나 치이고 다녔을 당신에게, 몇 차선인지 모를 이 관계 속에 살아남기 위해선 나만의 안전벨트가 필요하다고 말하고 싶습니다. 있다가도 없고, 없다가도 생기는 것이 친구라는 존재이기 때문에 개의치 말고 온전히 본인 삶에 집중하셨으면 좋겠습니다.

가는 사람 붙잡지 말고,
오는 사람 마다하지 말기로.

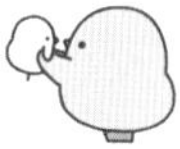

유독 지치고 힘든 날

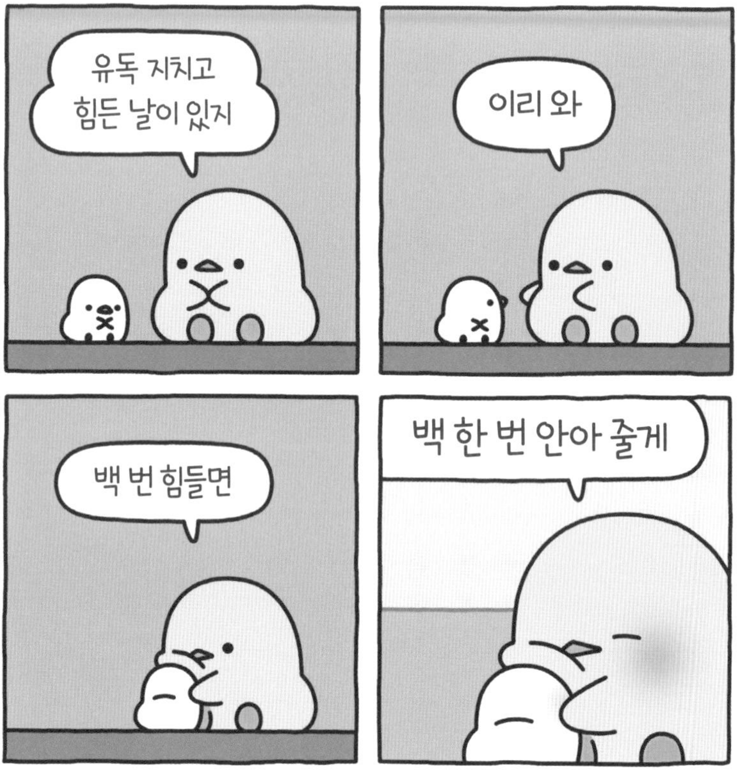
유독 지치고
힘든 날이 있지
이리 와
백 번 힘들면
백 한 번 안아 줄게

젖은 꽃

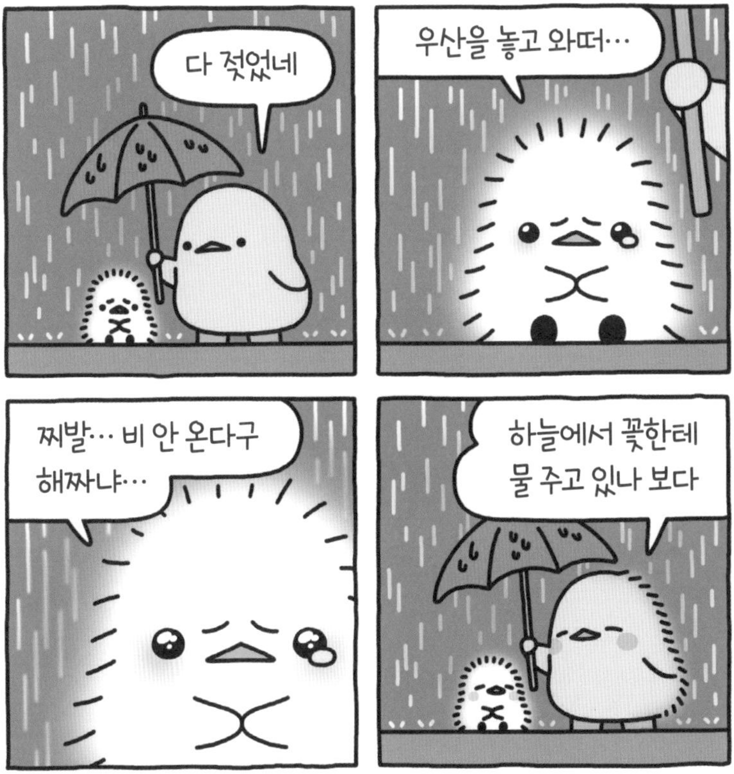
다 젖었네
우산을 놓고 와떠…
찌발… 비 안 온다구
해짜나…
하늘에서 꽃한테
물 주고 있나 보다

당연한 귀여움

잘하고 있어!
대단해~
네가 최고야
귀엽
자랑스
네가 그렇지 뭐…
백 마디 칭찬보다
한마디 상처에
무너지는 게
당연한 거야~

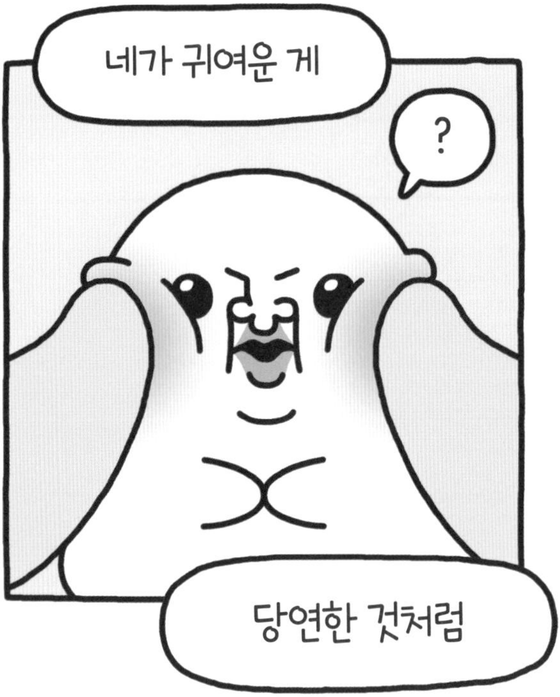
네가 귀여운 게
?
당연한 것처럼

#귀여운데 뭘 걱정해

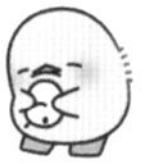

너만의 충전기

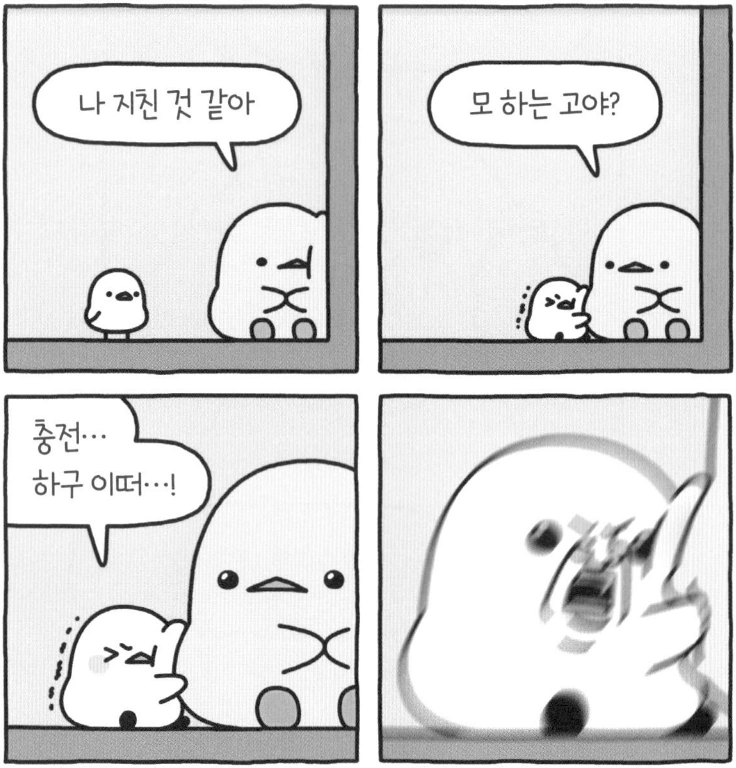
나 지친 것 같아
모 하는 고야?
충전…
하구 이떠…!

내가 조금이라도
채워 주께~

보통의 하루

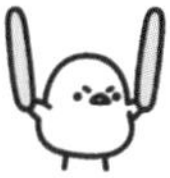

강제 파이팅

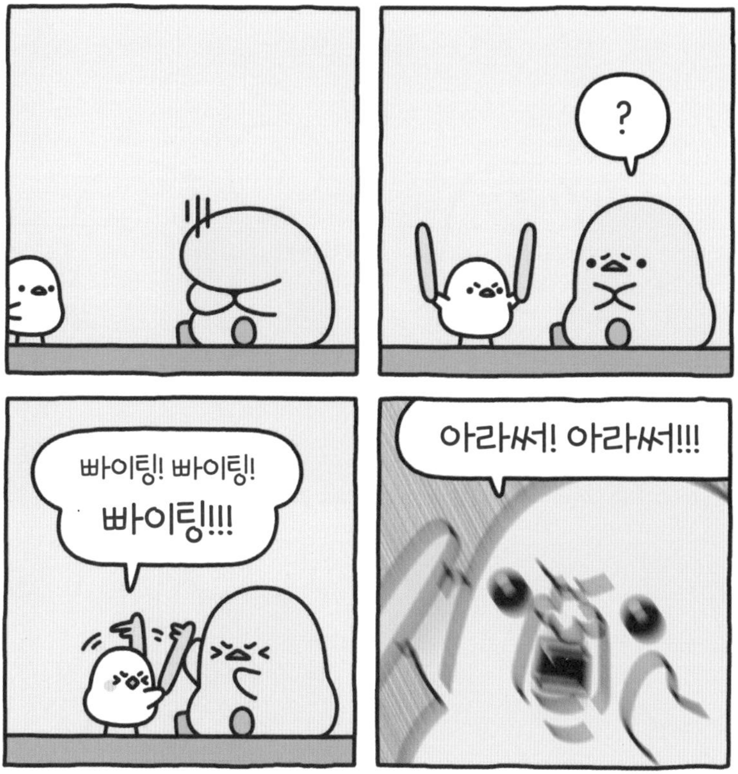
?
빠이팅! 빠이팅!
빠이팅!!!!
아라써! 아라써!!!

잡고만 있어도 좋은

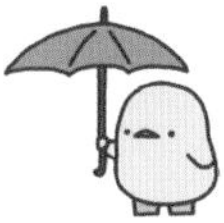

같이 맞으니까

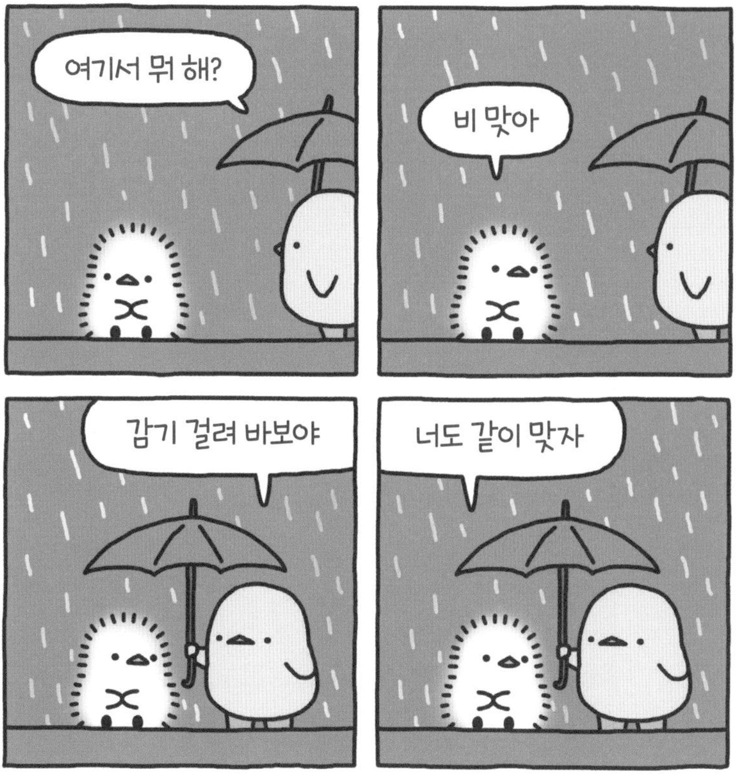
여기서 뭐 해?
비 맞아
감기 걸려 바보야
너도 같이 맞자

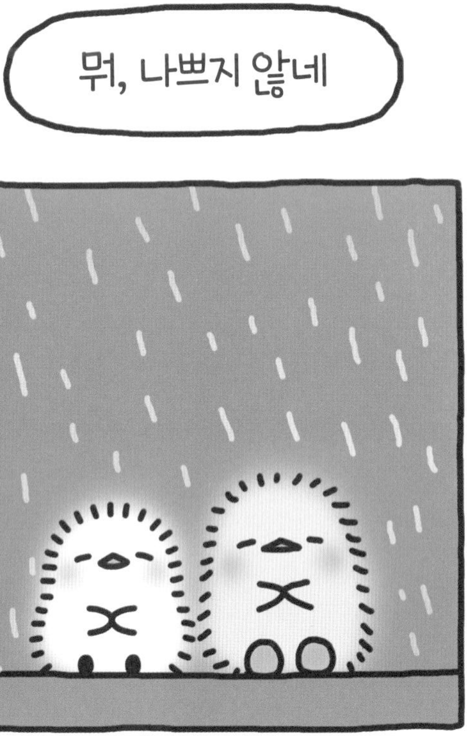
뭐, 나쁘지 않네

#기다리고 있었어 너를

Question

"나와 함께 기꺼이 비를 맞아 줄 대상을 떠올려 봐요."

이건 찍어야 해

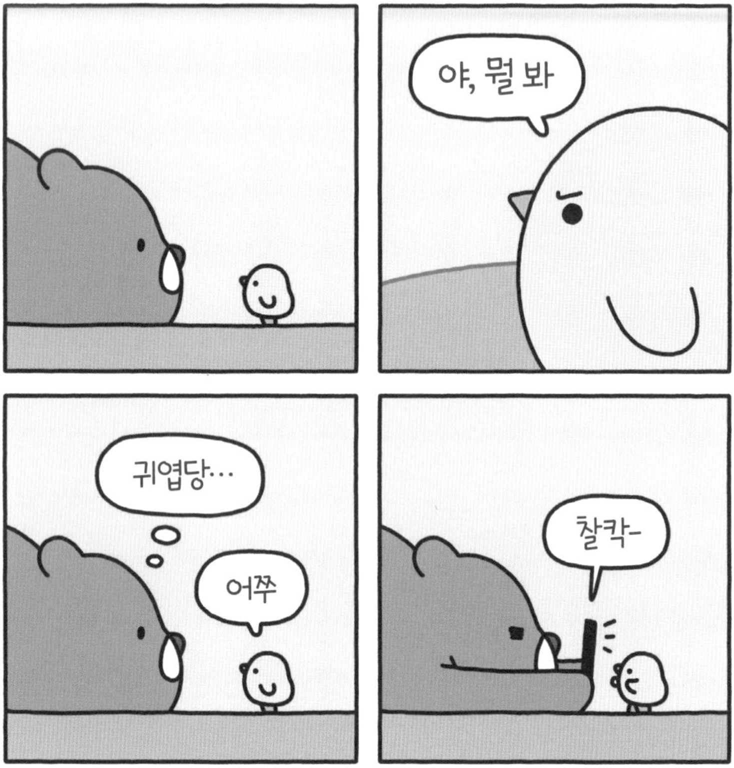
야, 뭘 봐
귀엽당…
어쭈
찰칵-

이쁜 포즈~

역시 난…
혼자가 편해
울고 있는 거
다 알아

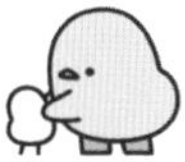

있을 때 잘해

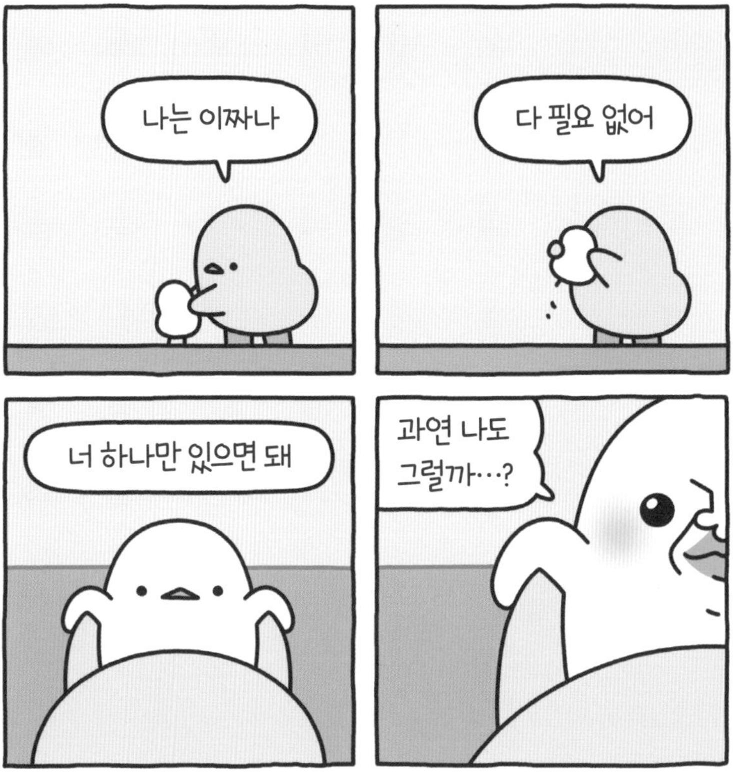
나는 이짜나
다 필요 없어
너 하나만 있으면 돼
과연 나도
그럴까…?

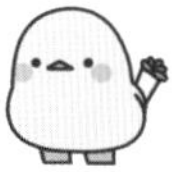

꾸욱

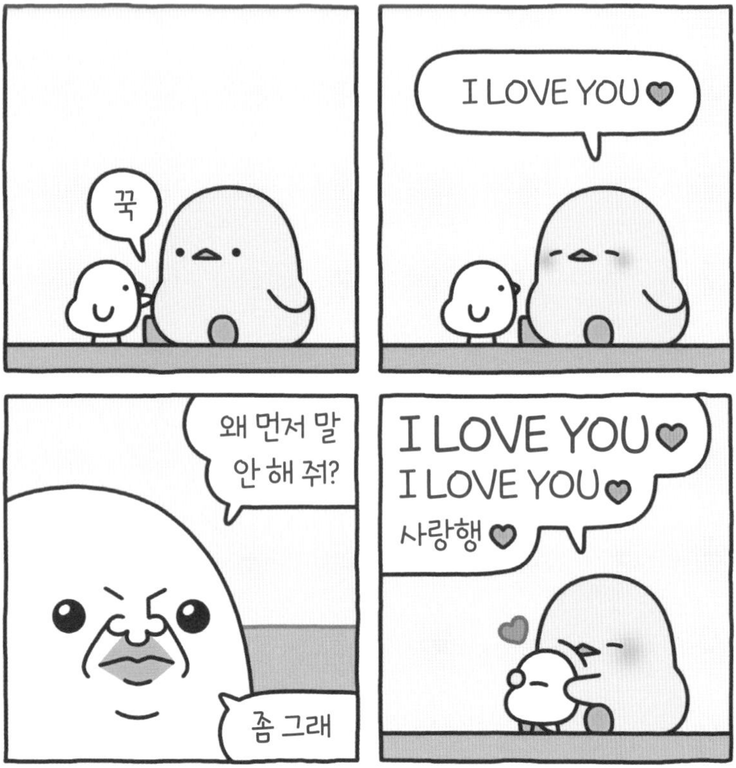
꾹
I LOVE YOU
왜 먼저 말 안 해 줘?
좀 그래
I LOVE YOU
I LOVE YOU
사랑행

노란 이불

그래, 혼자 있어

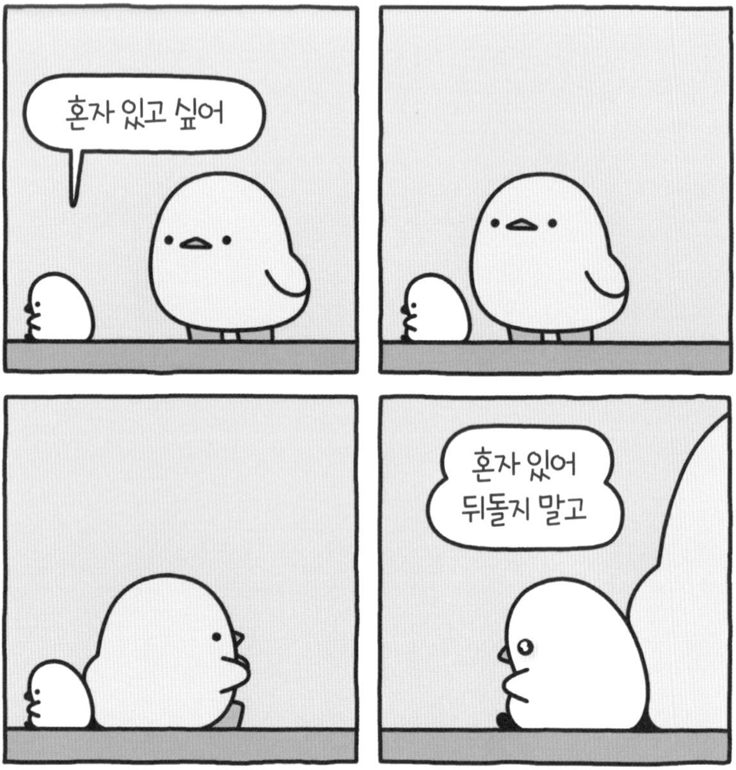
혼자 있고 싶어
혼자 있어
뒤돌지 말고

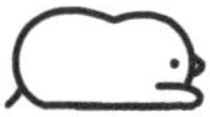

쉬고 나면 괜찮아질 거야

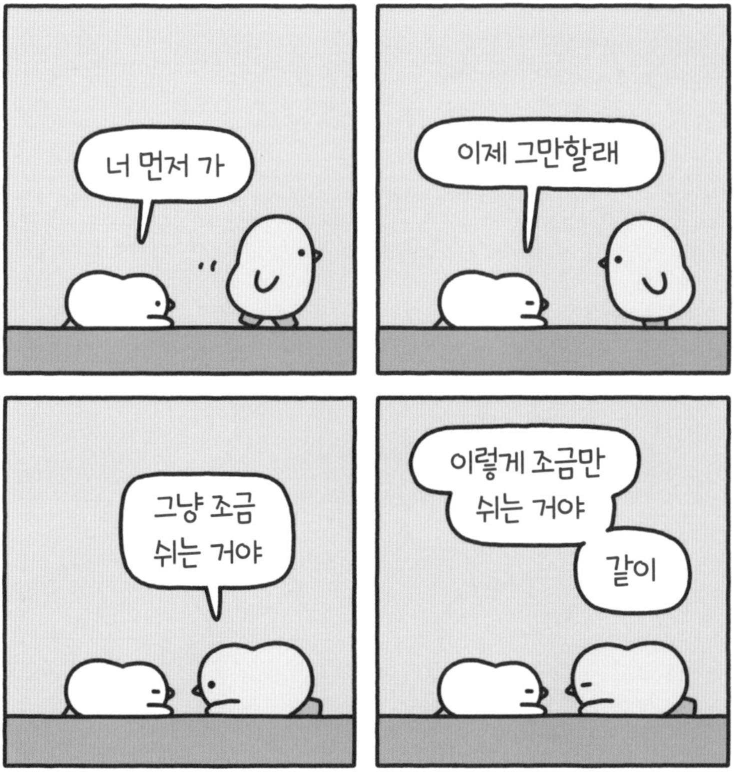

너 먼저 가
이제 그만할래
그냥 조금 쉬는 거야
이렇게 조금만 쉬는 거야
같이

미움받을 용기

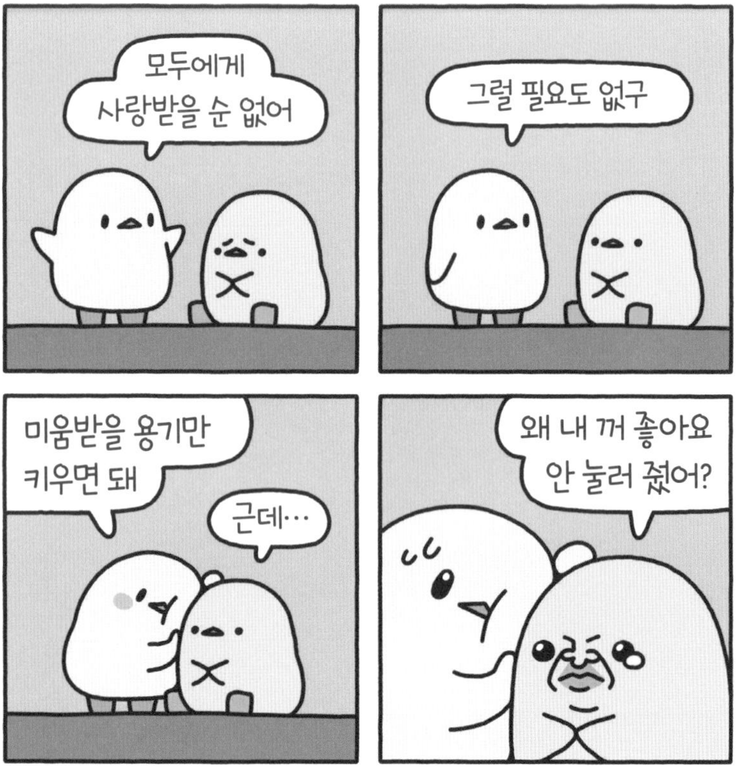
모두에게
사랑받을 순 없어
그럴 필요도 없구
미움받을 용기만
키우면 돼
근데…
왜 내 꺼 좋아요
안 눌러 줬어?

백 개의 댓글 중 한 개의 악플만 달려도
스트레스를 받습니다.

아는 작가님께서 말씀하시길 “짧은 인생, 내 사람만 챙기기도 벅차다”라고 하셨습니다. 내가 좋아하고 나를 좋아해 주는 사람과의 관계만으로도 너무 짧은 인생입니다. 나에게 있어 어떤 관계가 도움이 되는지, 행복한지를 판단하며 살아가는 것이 중요하다고 생각됩니다. 모두에게 사랑받을 순 없지만 모두에게 미움받을 이유도 없고 그 판단은 오롯이 본인의 몫입니다.

사랑할 수 있는 사람만 사랑하고 살자구요.

안티 스트레스 다른 그림 찾기

가을이 되어 뾰롱이와 쪼롱이도 토실토실해요.
두 그림에서 서로 다른 모습 다섯 군데를 찾아보아요.

• 정답 : 256쪽

CHAPTER. 4

너의 하루를 응원해

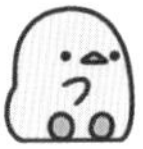

힘든 게 힘든 거지

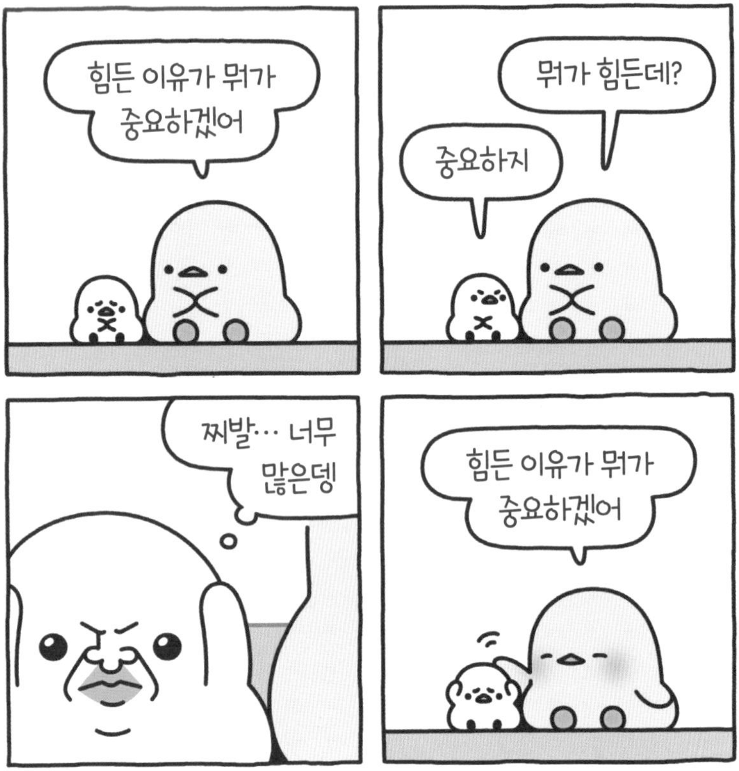
힘든 이유가 뭐가
중요하겠어
뭐가 힘든데?
중요하지
쩌발… 너무
많은뎅
힘든 이유가 뭐가
중요하겠어

거울 치료

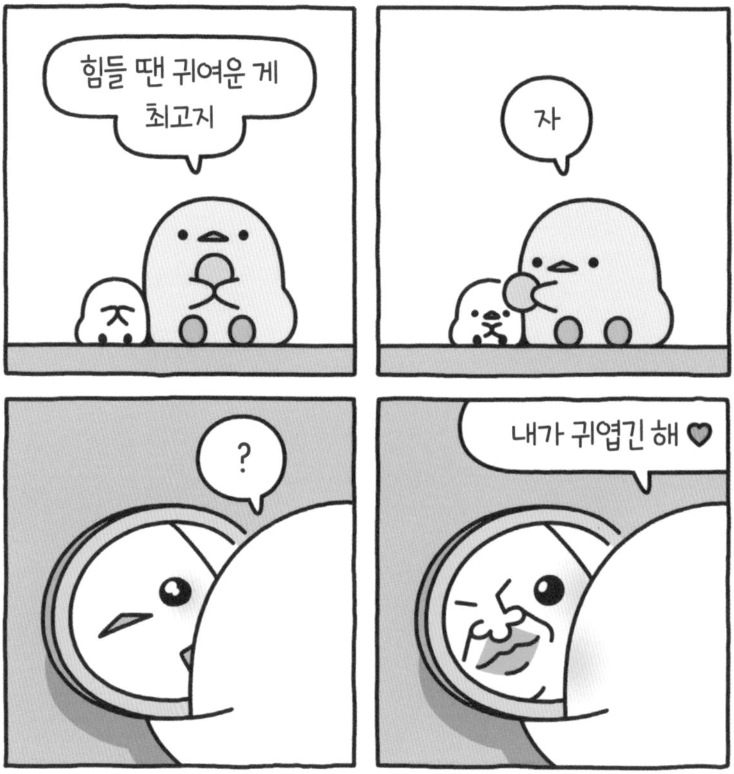
힘들 땐 귀여운 게
최고지
자
?
내가 귀엽긴 해

스포 금지

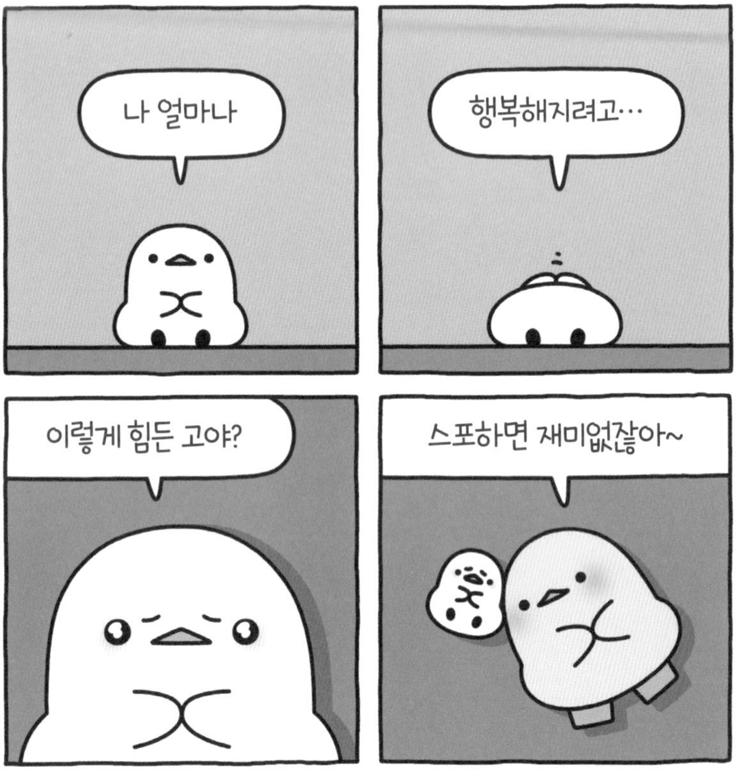
나 얼마나
행복해지려고…
이렇게 힘든 고야?
스포하면 재미없잖아~

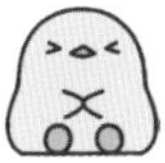

덮고, 가리고, 숨기며

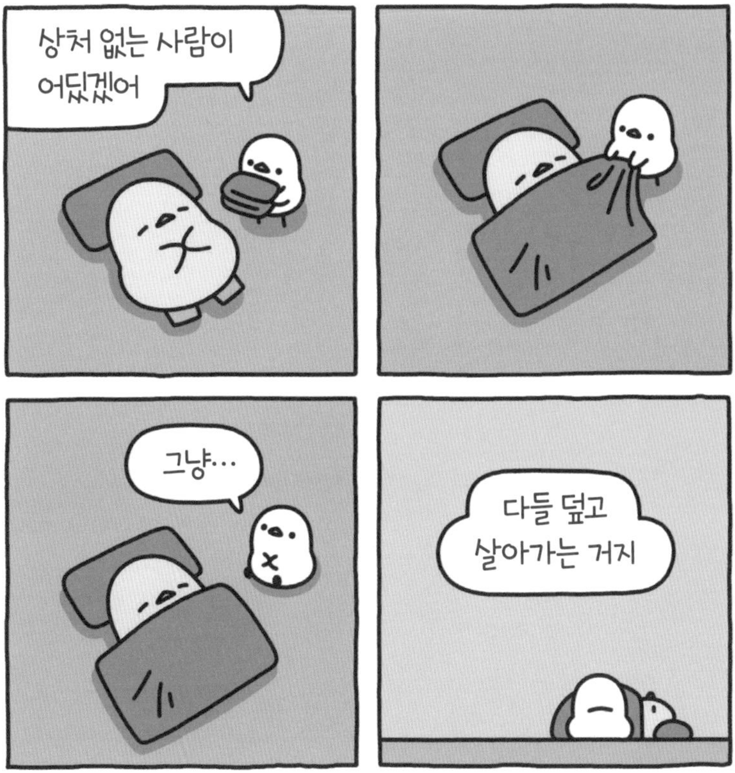
상처 없는 사람이 어딨겠어
그냥…
다들 덮고 살아가는 거지

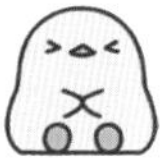

답 없는 인생

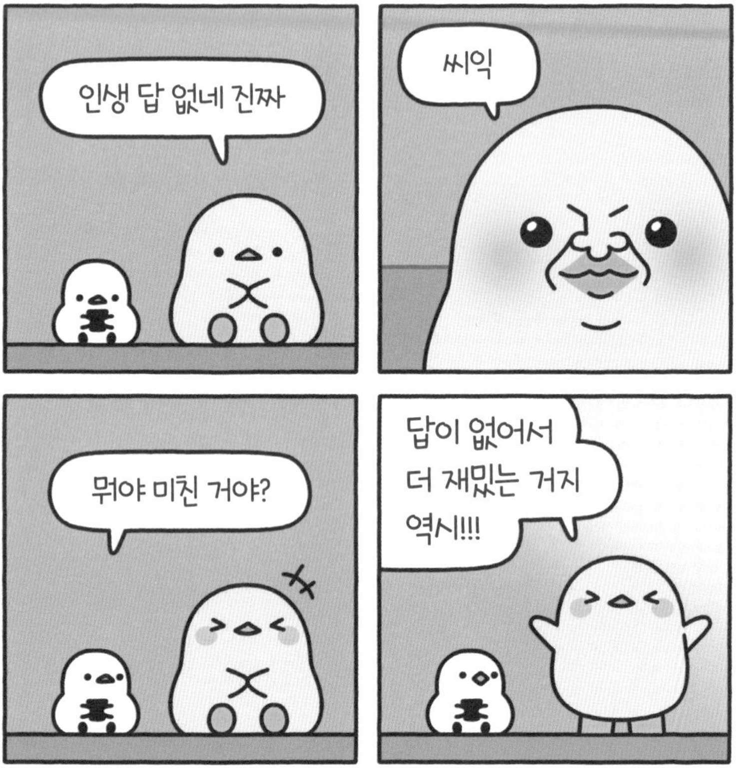

인생 답 없네 진짜
씨익
뭐야 미친 거야?
답이 없어서 더 재밌는 거지 역시!!!

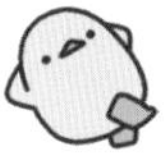

그럼 다 지나갈 거야

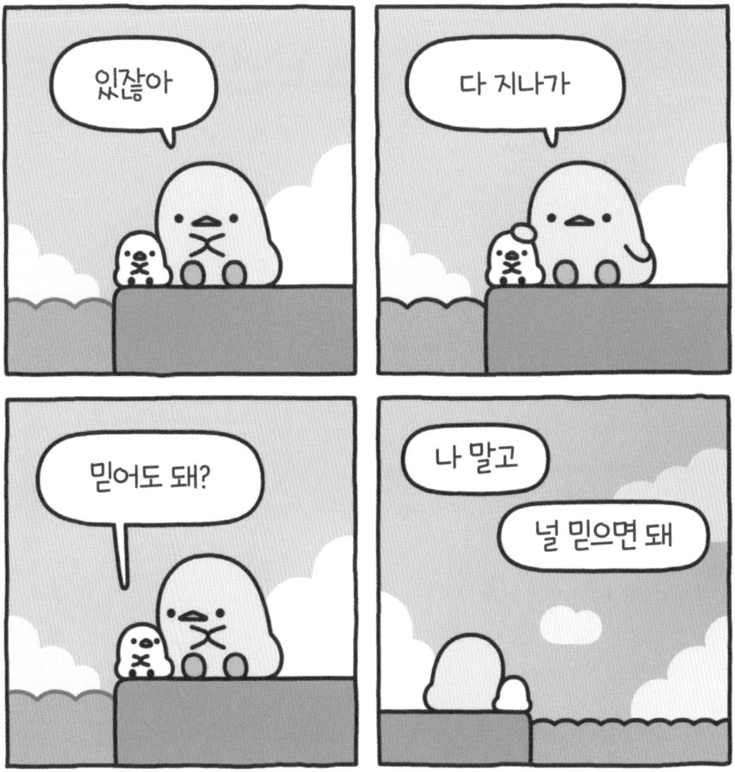
있잖아
다 지나가
믿어도 돼?
나 말고
널 믿으면 돼

방구석 청춘

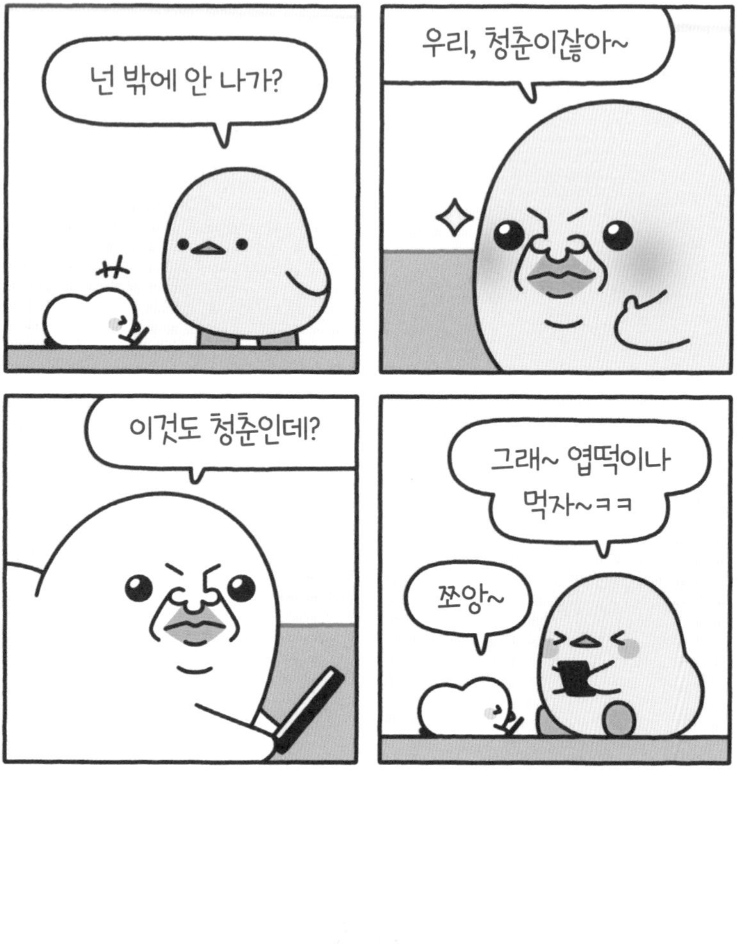
넌 밖에 안 나가?
우리, 청춘이잖아~
이것도 청춘인데?
그래~ 엽떡이나 먹자~ㅋㅋ
쪼앙~

상어 떼

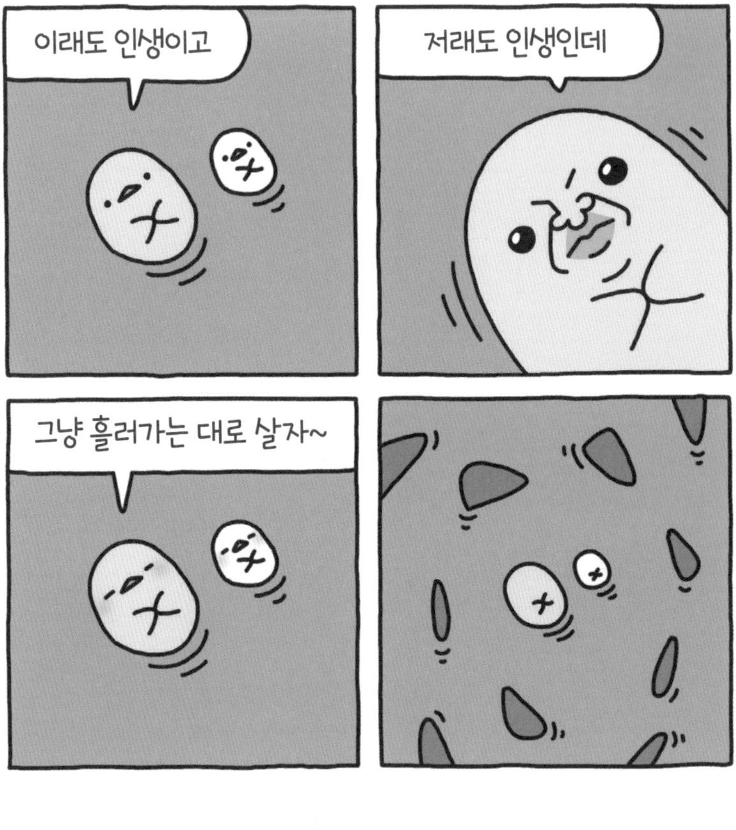

이래도 인생이고
저래도 인생인데
그냥 흘러가는 대로 살자~

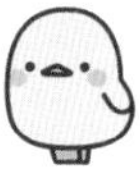

둥글둥글

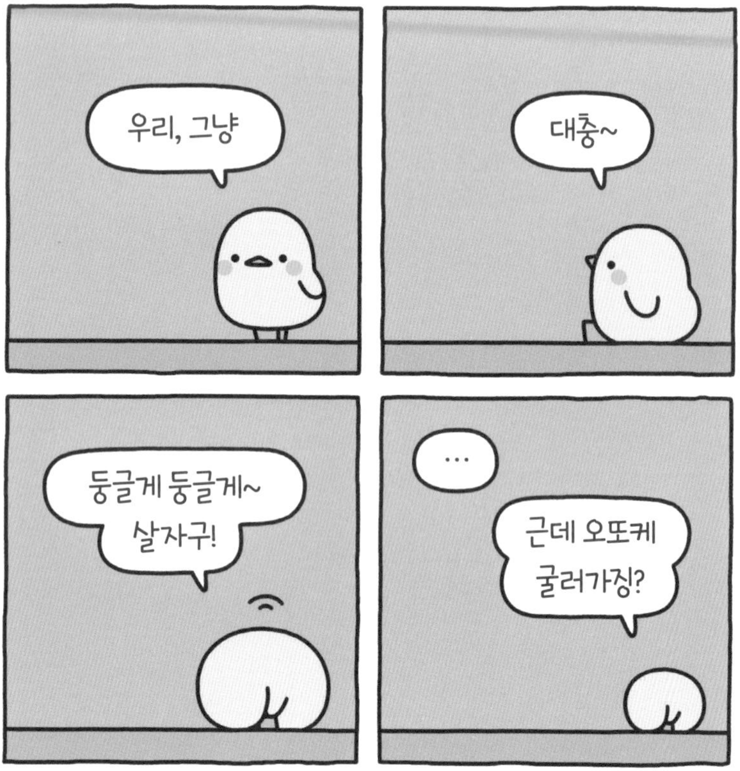
우리, 그냥
대충~
둥글게 둥글게~ 살자구!
...
근데 오또케 굴러가징?

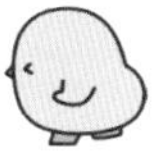

쓰러질 줄도 알아야지

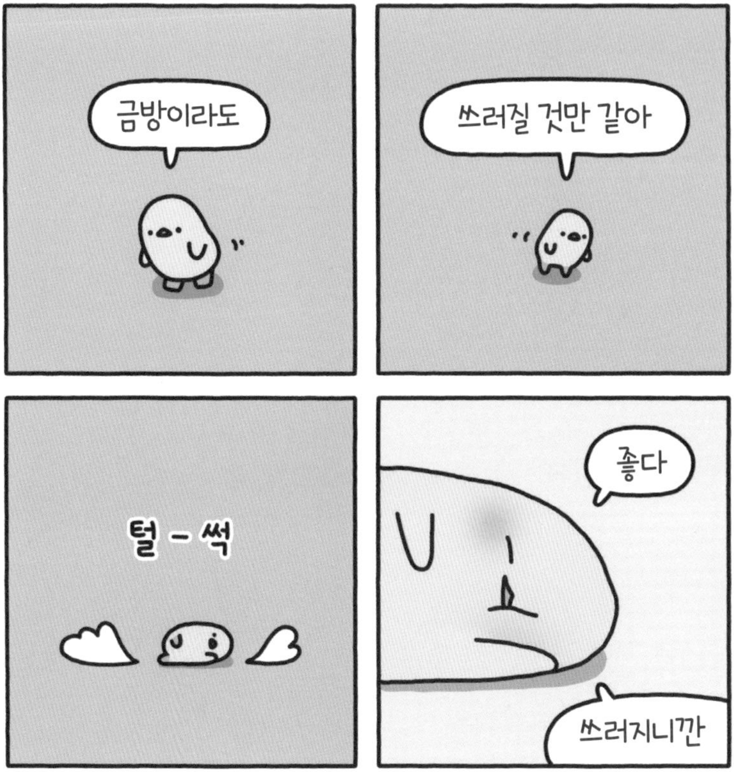

금방이라도
쓰러질 것만 같아
털 - 썩
좋다
쓰러지니깐

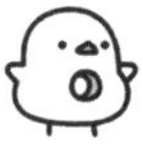

가릴 필요 없어

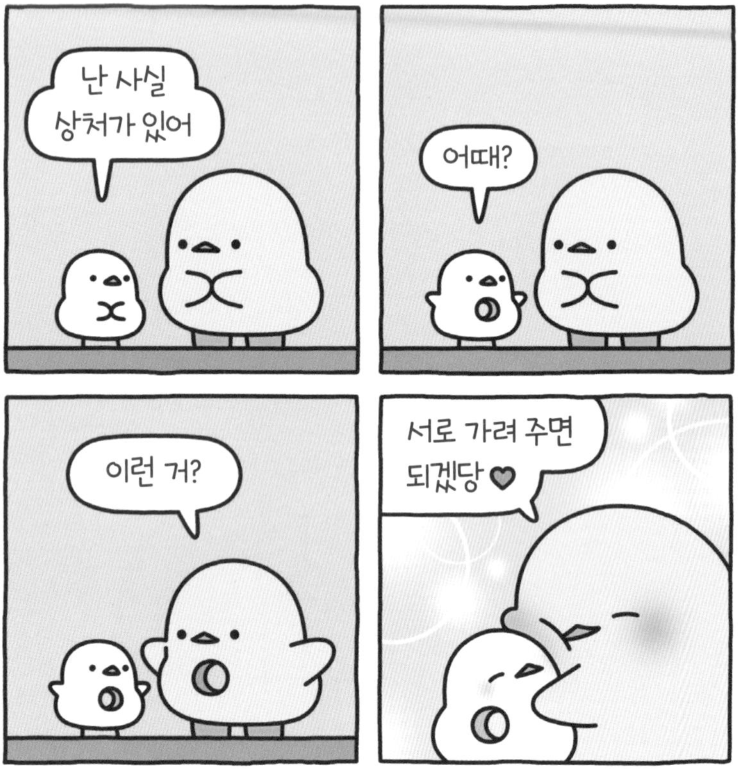
난 사실
상처가 있어
어때?
이런 거?
서로 가려 주면
되겠당

비가 그치고 나면

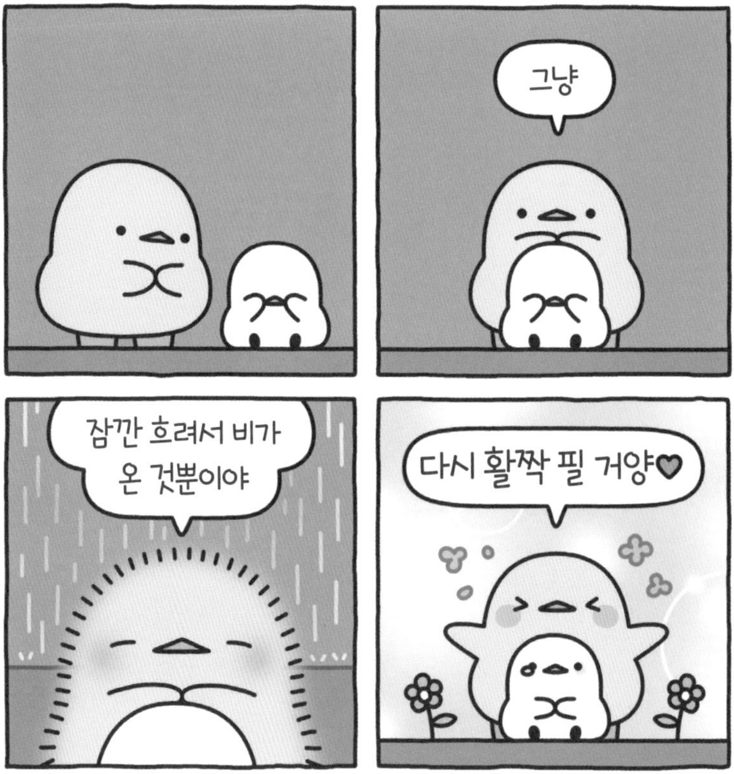

그냥
잠깐 흐려서 비가 온 것뿐이야
다시 활짝 필 거양

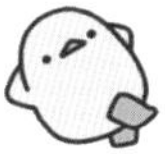

먹기만 해도 바쁜 인생

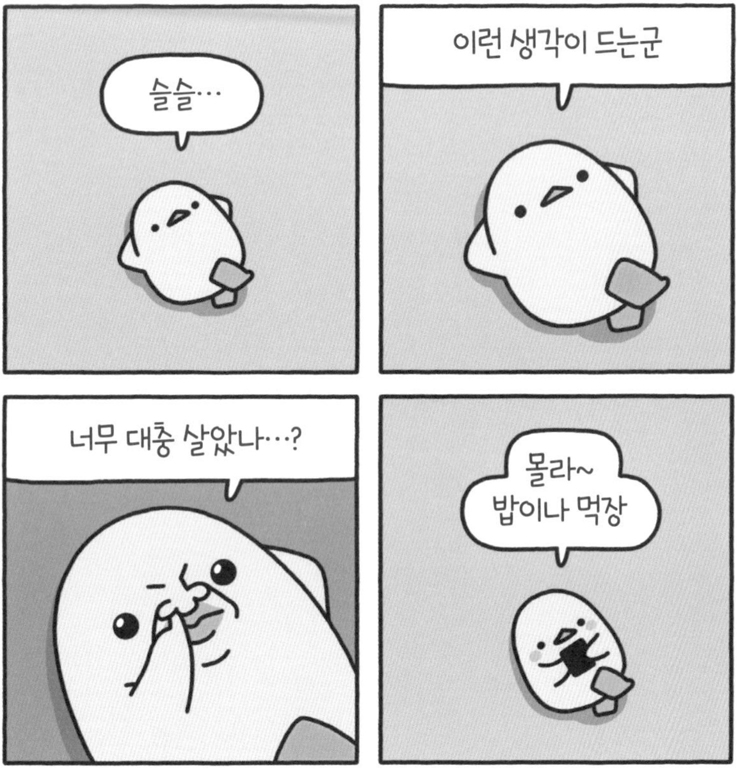
슬슬…
이런 생각이 드는군
너무 대충 살았나…?
몰라~
밥이나 먹장

아침
점심 뭐 먹징?
점심
저녁 뭐 먹징?
저녁
내일 뭐 먹징?
먹기만 했는데
하루가 끝났썽

말해 주고 싶어

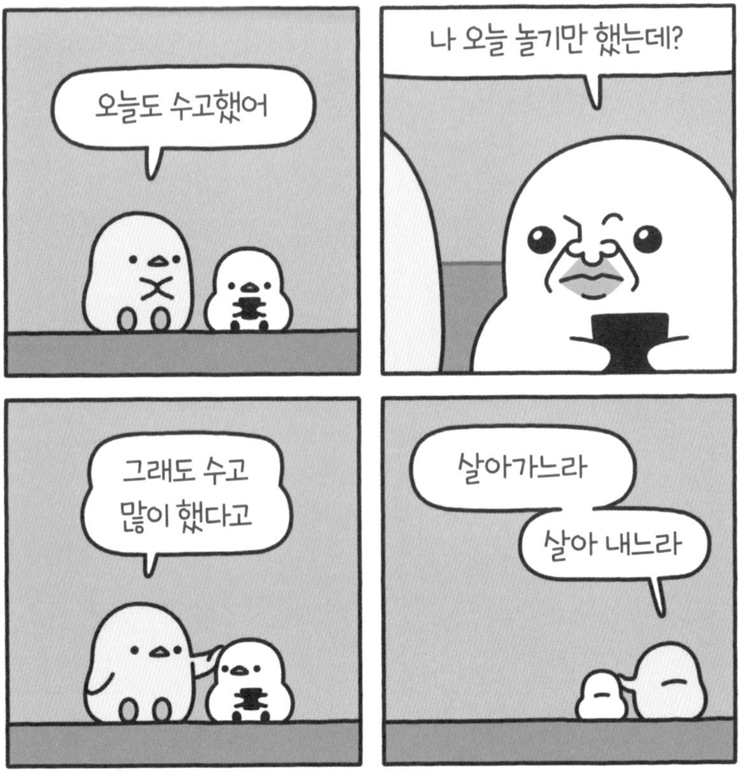
오늘도 수고했어
나 오늘 놀기만 했는데?
그래도 수고
많이 했다고
살아가느라
살아 내느라

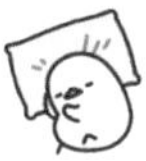

너의 꿈

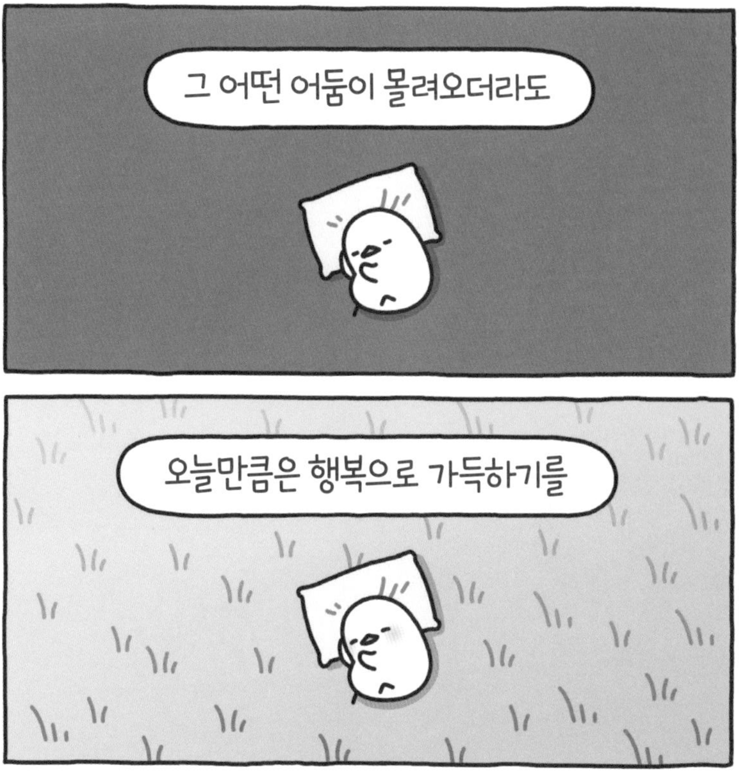
그 어떤 어둠이 몰려오더라도
오늘만큼은 행복으로 가득하기를

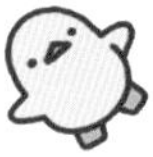

내일 일은 내일 생각하기

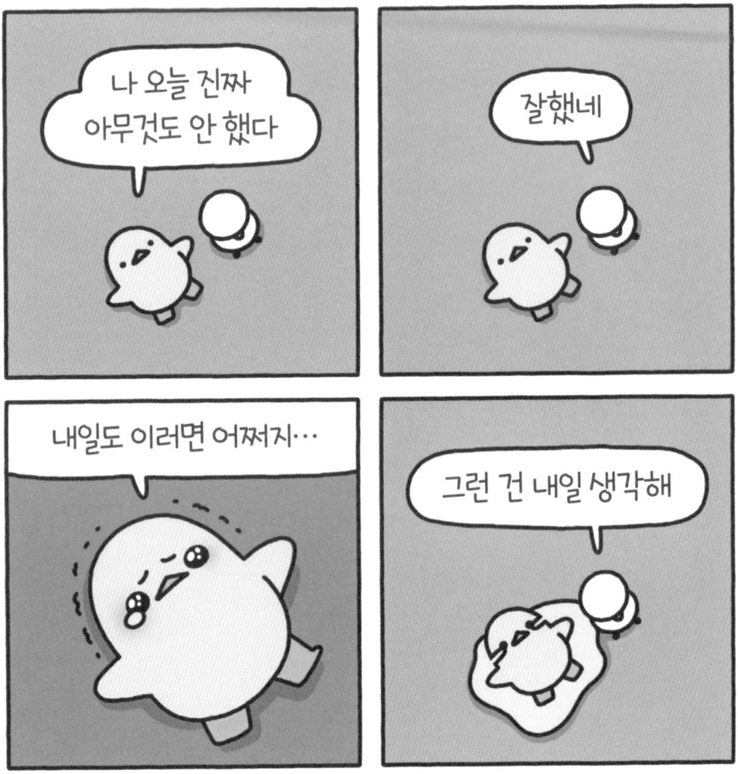

나 오늘 진짜 아무것도 안 했다
잘했네
내일도 이러면 어쩌지…
그런 건 내일 생각해

오늘 하루는 이상하리만치 아무것도 하기가 싫습니다.

막막함과 불안함 뒤로 핸드폰을 든 채 침대에 눕습니다. 살다 보면 이런 날도 있겠거니 하며 게임도 하고 낮잠도 자며 하루를 보냅니다. 소소한 낮잠도, 스트레스를 풀며 하는 게임도, 멍때리며 보는 핸드폰마저 의미는 없지 않은 것처럼 보입니다.

아무것도 안 하는 하루로 보이지만, 여느 날과 다름없이
내일을 준비하고 있는 날입니다.

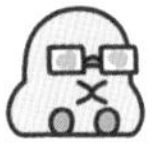

눈 가리고 훌쩍

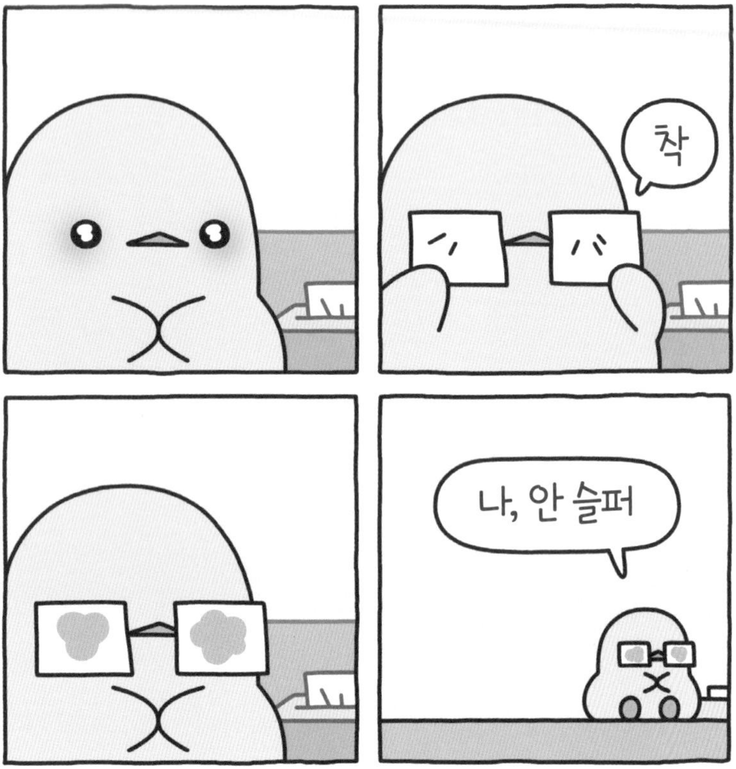
착
나, 안 슬퍼

후엥 바다

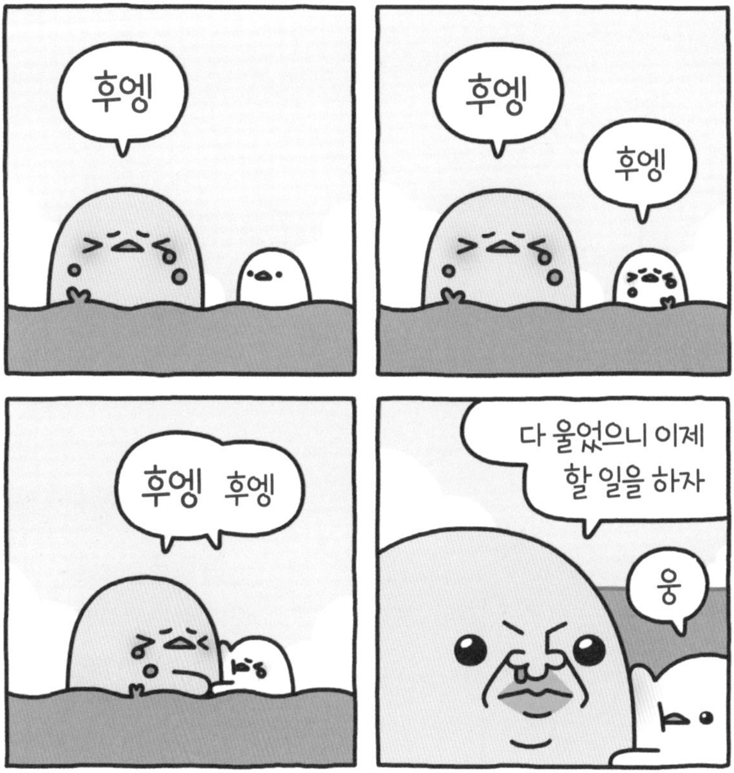

후엥
후엥
후엥
후엥 후엥
다 울었으니 이제 할 일을 하자
웅

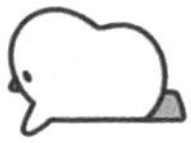

절대 안 놓을 거야

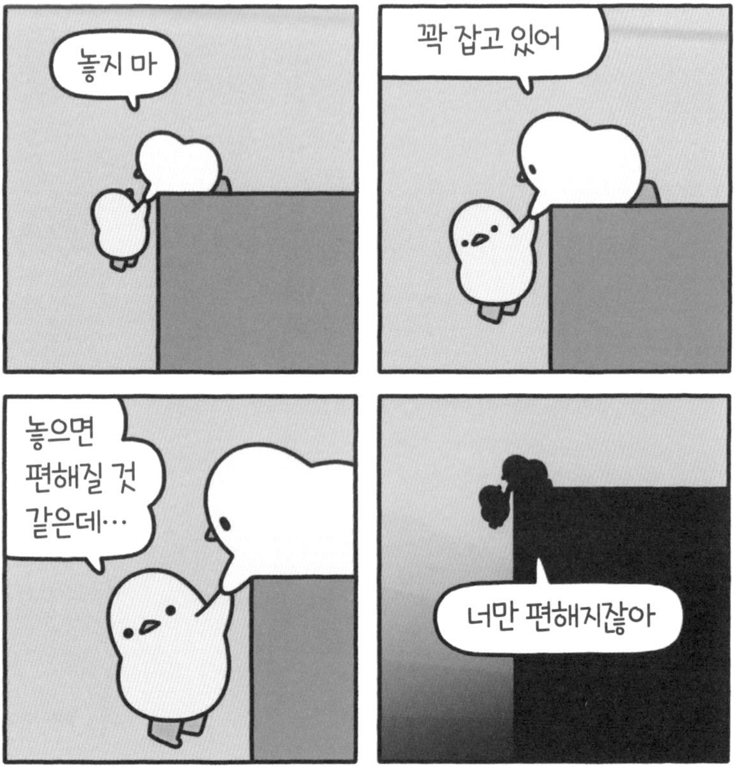

놓지 마
꽉 잡고 있어
놓으면 편해질 것 같은데…
너만 편해지잖아

칭찬 감옥

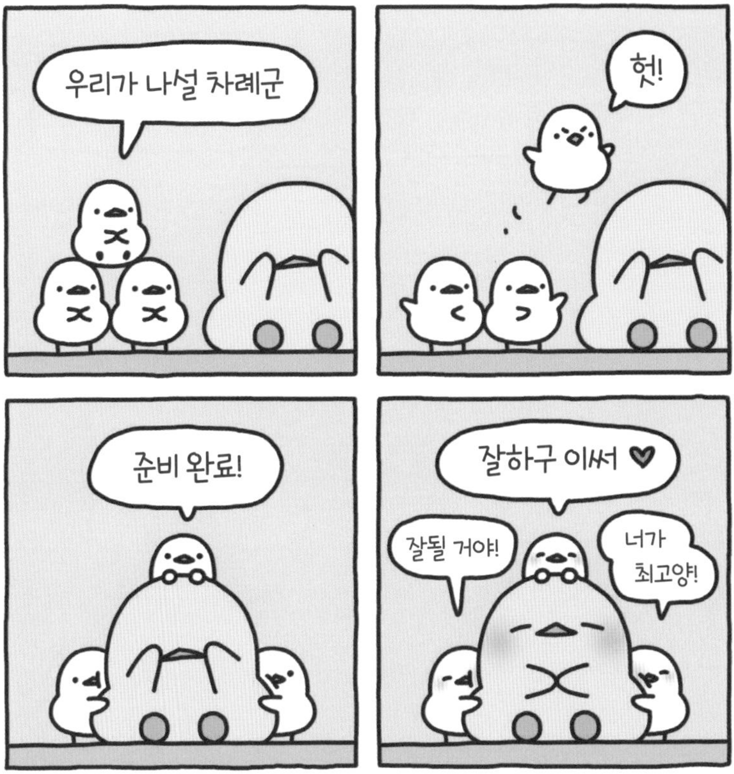
우리가 나설 차례군
헛!
준비 완료!
잘하구 이써 ♥
잘될 거야!
너가 최고양!

새롭게 쌓여 가는 추억

좋았다면 추억이고
나빴다면 경험이라는데
추억들이 점점 흐려져
괜찮아, 오늘은 좋은 추억으로 남을 거야

Question

"오늘 하루는 추억이었나요? 경험이었나요?"

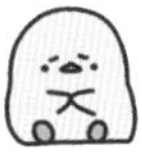

10%

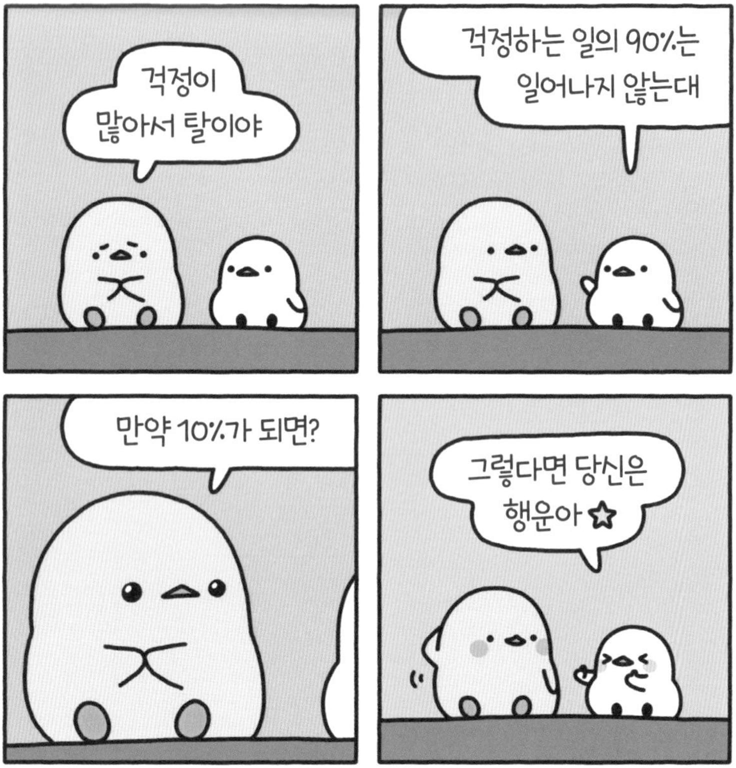
걱정이 많아서 탈이야
걱정하는 일의 90%는 일어나지 않는대
만약 10%가 되면?
그렇다면 당신은 행운아 ☆

행운아에게 주는 선물

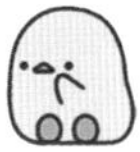

나 또 올게

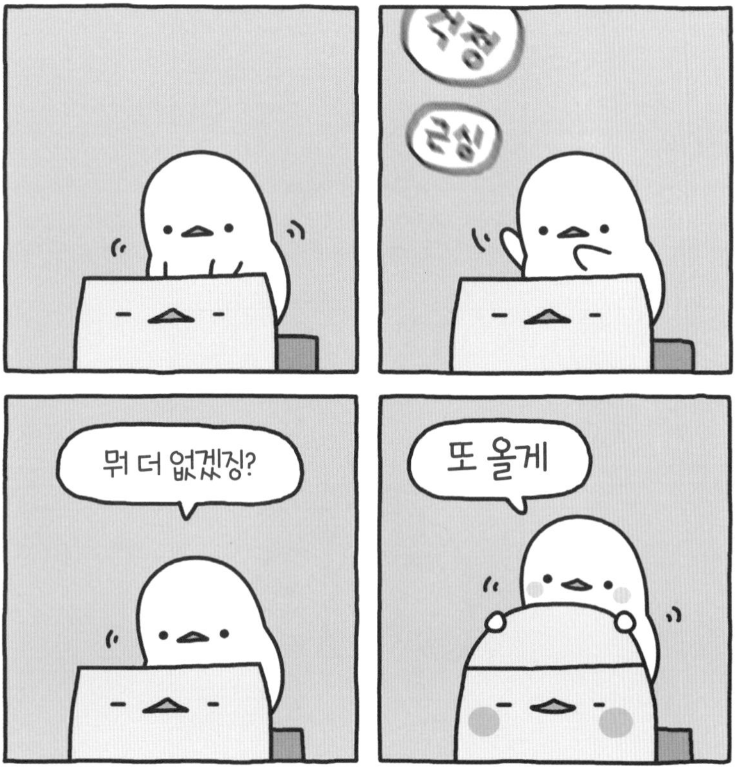

걱정
근심
뭐 더 없겠징?
또 올게

그거 알아?
난 무슨 일이 있어도
네 편이야 ☆

꽃이 핀다
꽃이 지고
다시 활짝 핀다
너처럼♥

괜찮아 다시 하면 되지

나 홀로 다른 행성에

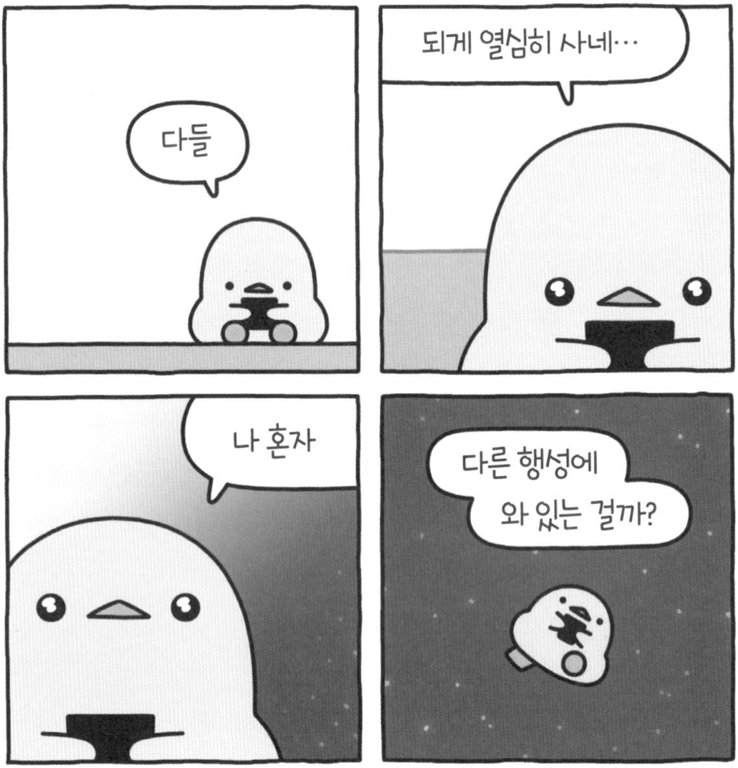
다들
되게 열심히 사네…
나 혼자
다른 행성에
와 있는 걸까?

나는야 우주의 먼지

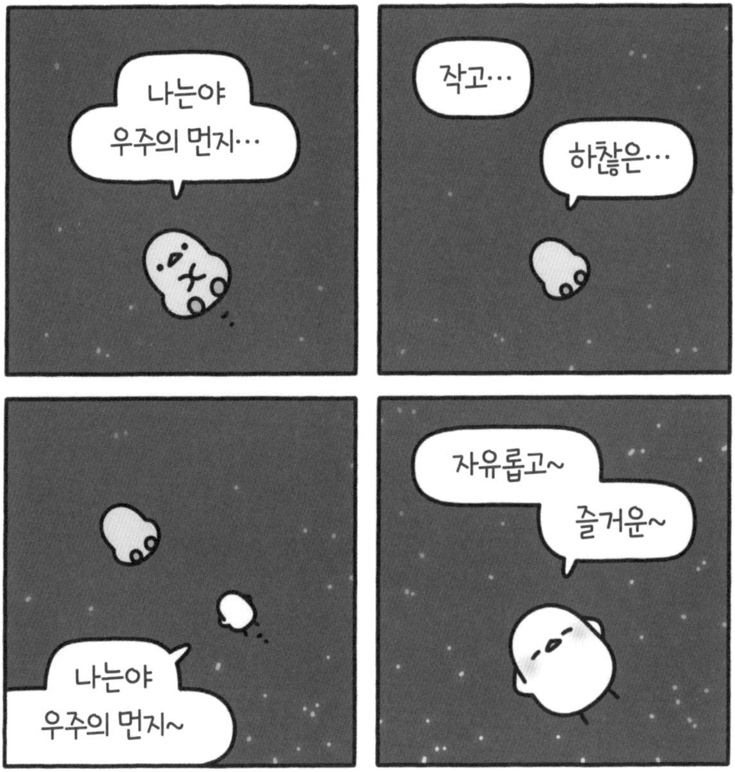
나는야
우주의 먼지…
작고…
하찮은…
나는야
우주의 먼지~
자유롭고~
즐거운~

다 잘될 거야~

네가 어디에 있든

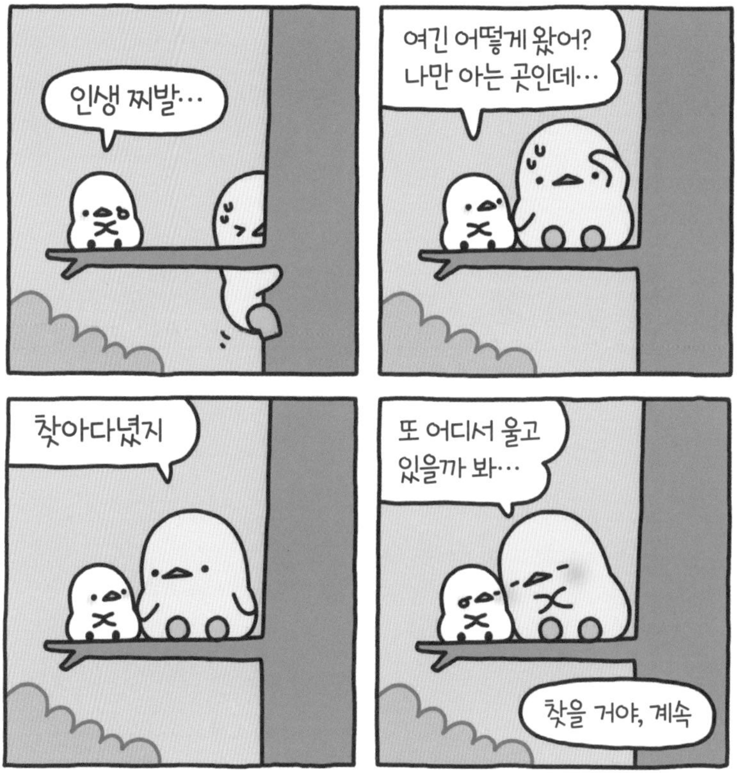
인생 찌발…
여긴 어떻게 왔어? 나만 아는 곳인데…
찾아다녔지
또 어디서 울고 있을까 봐…
찾을 거야, 계속

무조건

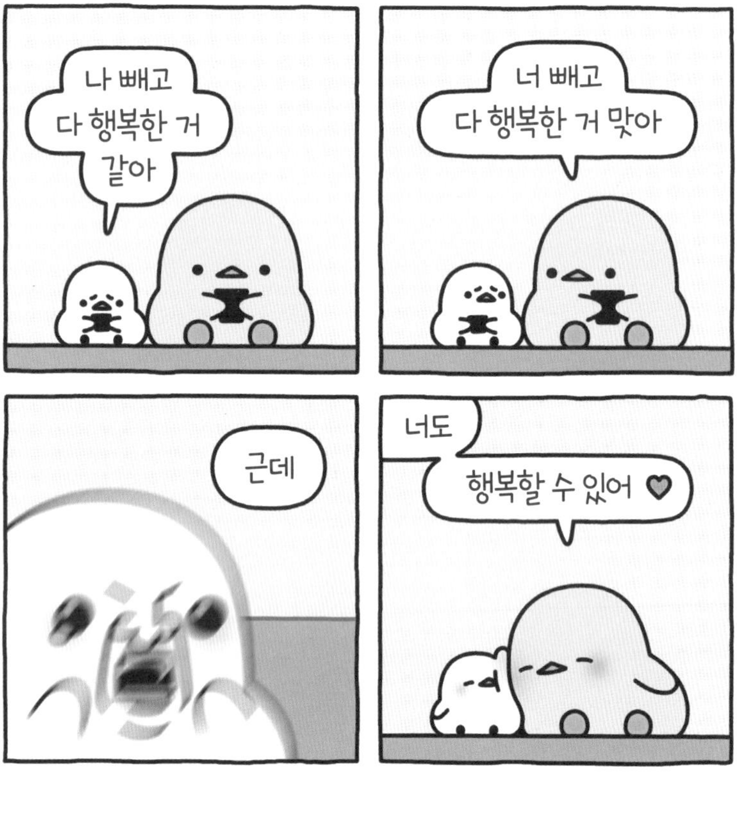
나 빼고
다 행복한 거
같아
너 빼고
다 행복한 거 맞아
근데
너도
행복할 수 있어

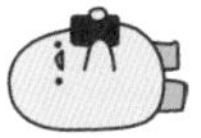

힘들어 힘들어 힘들어

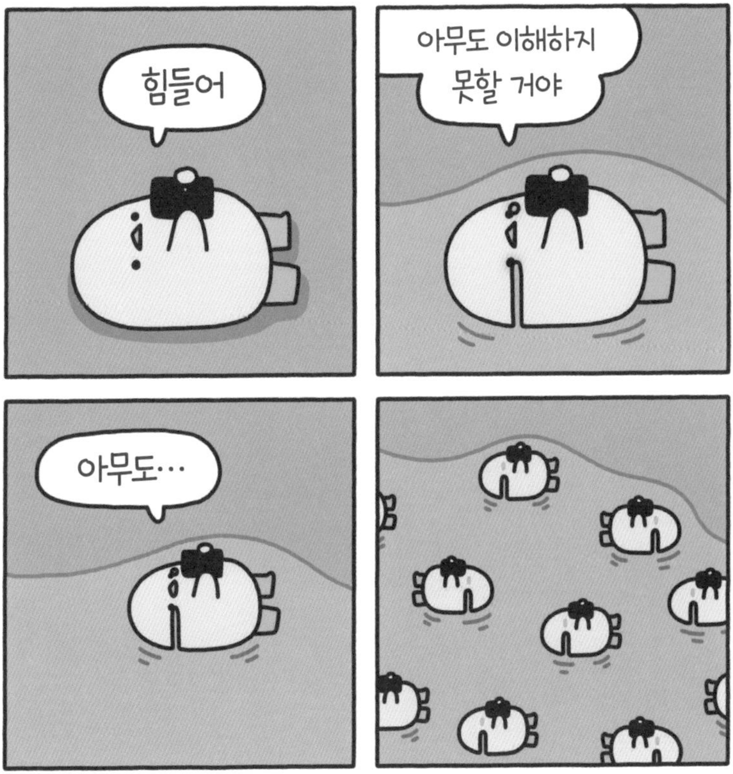

힘들어
아무도 이해하지 못할 거야
아무도…

다 잘되고 있어
다…

잘하고 있어
괜찮아…

그만 울어 바보야

버티기 힘든 날이었습니다. 견디기 힘든 날이었고 어딘가에 기대어 울지 않으면 안 될 것만 같은 날이었습니다.
그럴 때마다 스스로를 질책하며 번번이 다짐하고 또 다짐했습니다. '그만 울어 바보야'라고 스스로 말했던 자신에게, 이제는 더 울어도 괜찮다고 말해 주고 싶습니다.
눈물로 지새운 수많은 시간들은 이미 알고 있을 겁니다.

그 눈물들이 쌓이고 쌓여
먼 훗날 가장 아름답게 피어난다는 사실을.

최선의 선택

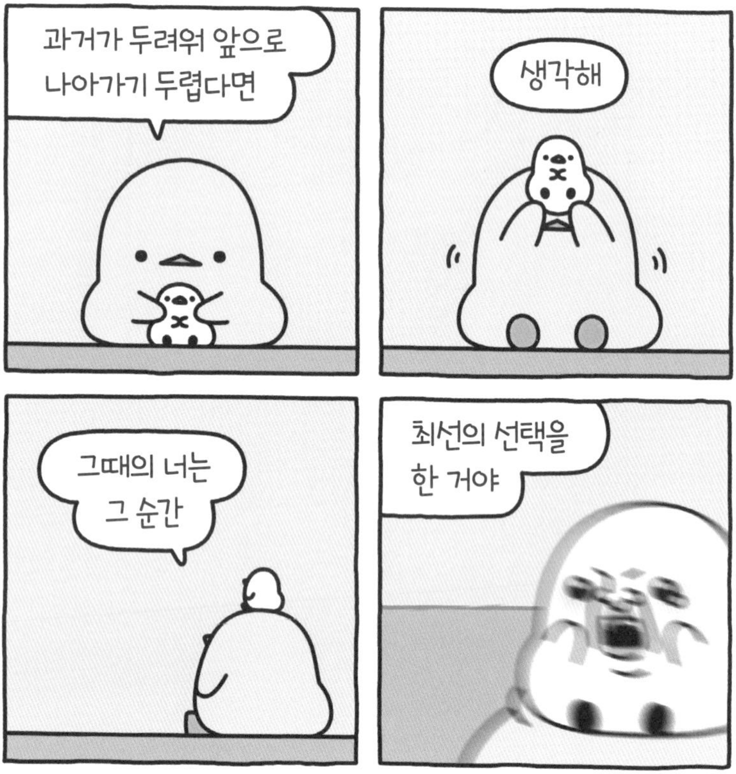
과거가 두려워 앞으로
나아가기 두렵다면
생각해
그때의 너는
그 순간
최선의 선택을
한 거야

넌 어떻게 항상 밝아?

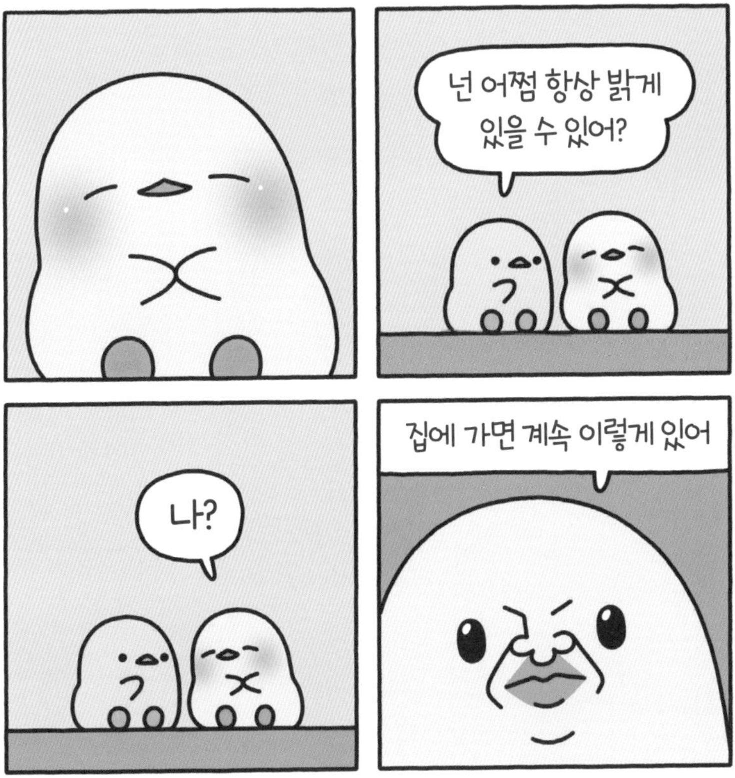
넌 어쩜 항상 밝게 있을 수 있어?
나?
집에 가면 계속 이렇게 있어

내일도 똑같은 하루가 흘러가겠지

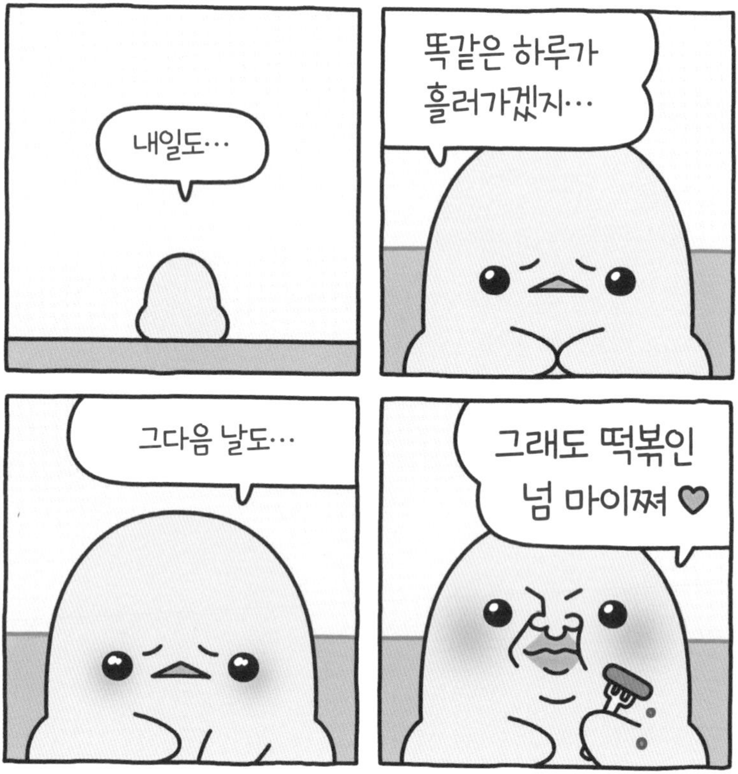
내일도…
똑같은 하루가 흘러가겠지…
그다음 날도…
그래도 떡볶인 넘 마이쪄 ♡

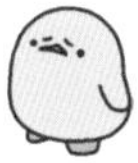

긍정을 타고

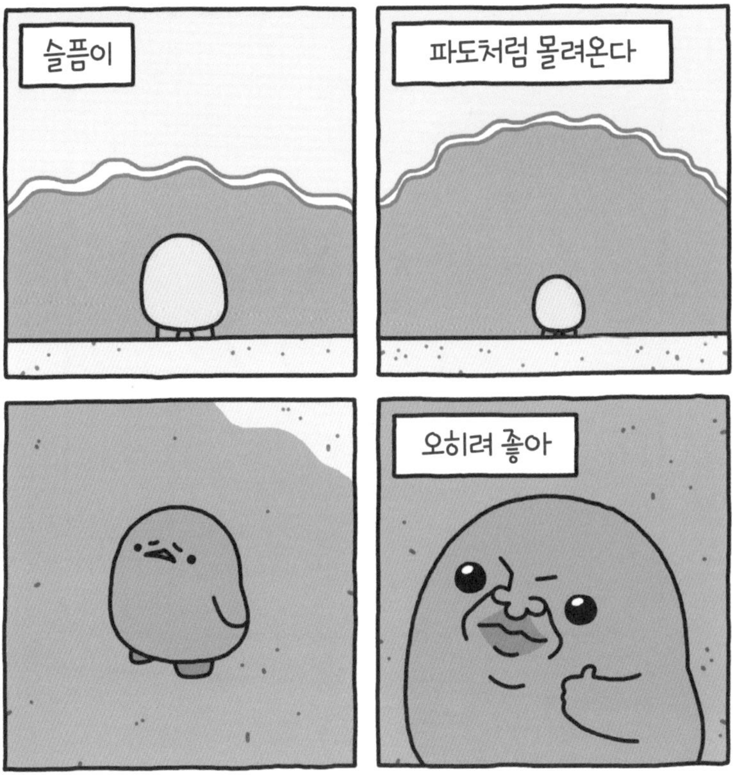
슬픔이
파도처럼 몰려온다
오히려 좋아

#가 보자고

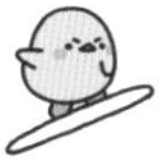

다사다난한 인생

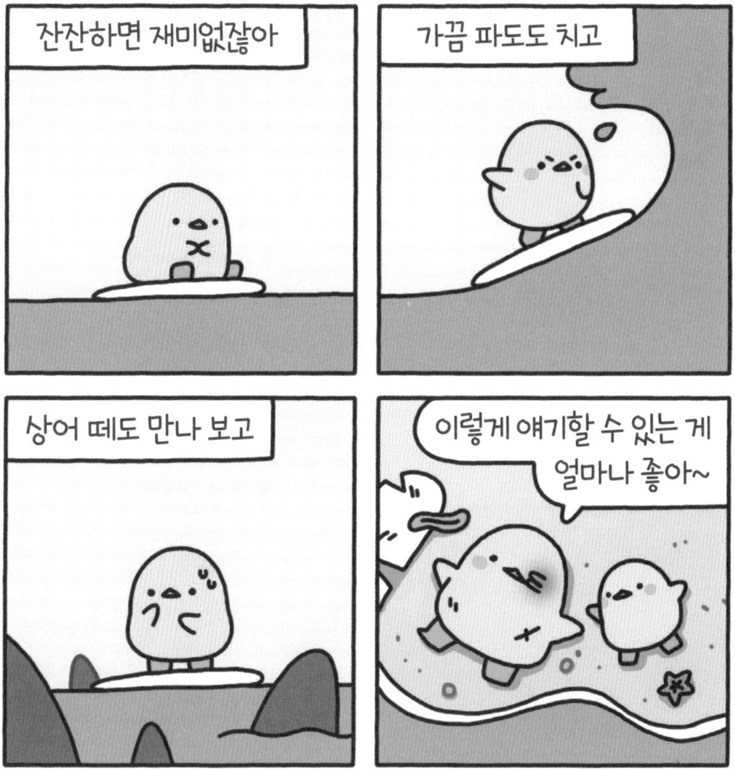
잔잔하면 재미없잖아
가끔 파도도 치고
상어 떼도 만나 보고
이렇게 얘기할 수 있는 게 얼마나 좋아~

난 내가
어른이 되면
엄청 강해지는 줄
알았는데
다들 그런 척하며
사는 거였어
그냥 몸만 큰 아기야

한 살 두 살 들어가는 나이 앞에
어른이란 단어를 곱씹어 봅니다.

군대를 다녀오고 돈을 벌어 봐도 어른이란 단어가 너무 무겁게 느껴집니다. 동심은 점점 사라져만 가는데 아이 같은 모습은 여전히 남아 있습니다. 어쩌면 어른이 되기 두려운 것일 수도 있겠습니다. 막연한 미래는 불안하기만 하고 무섭게 느껴집니다.
스스로를 책임지며 사는 삶이 이렇게 힘겹게 다가올 줄 몰랐습니다.

어른이라는 인형 탈을 쓴 채 살아가는 사람들이 많이 보입니다.
덥고 무겁고 찝찝한 탈 속에는
아직도 몸만 큰 아이가 자리 잡고 있습니다.

어른은 어때?

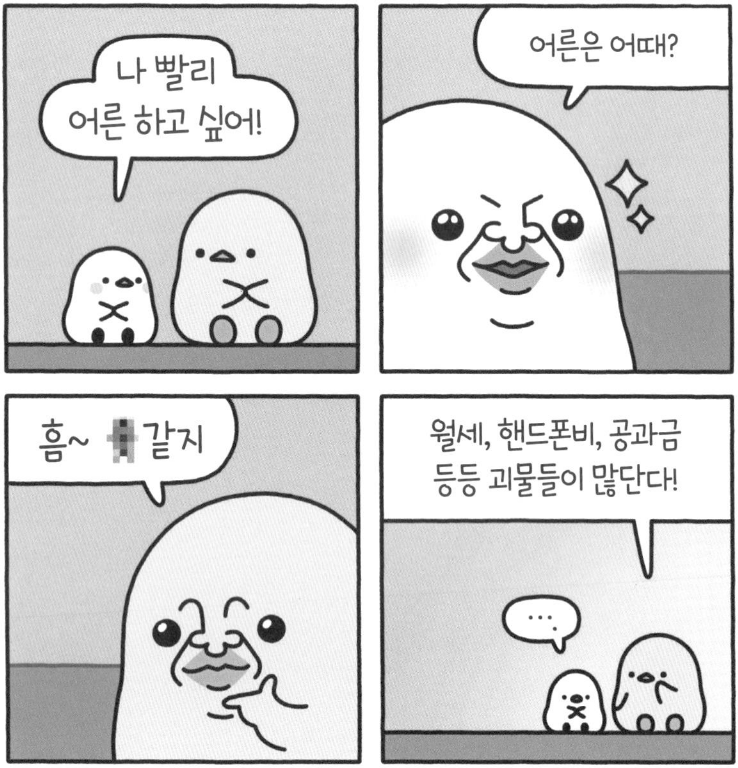
나 빨리 어른 하고 싶어!
어른은 어때?
흠~ [redacted] 같지
월세, 핸드폰비, 공과금 등등 괴물들이 많단다!
…

그놈의 돈

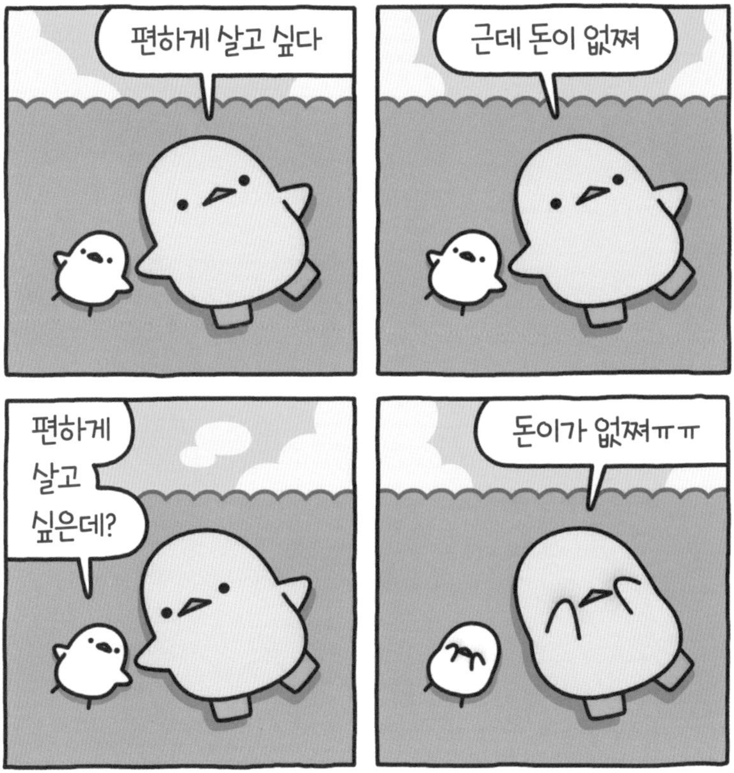
편하게 살고 싶다
근데 돈이 없쪄
편하게 살고 싶은데?
돈이가 없쪄ㅠㅠ

열심히 사는 건 슬픈 일이 아니야

달님
저 너무 슬퍼요
다들 연휴라 들떠 있는데
저는 내일 일하거든요…
찌발
열심히 사는 건~
슬픈 게 아닌뎅~

#내일도 대견할 너에게

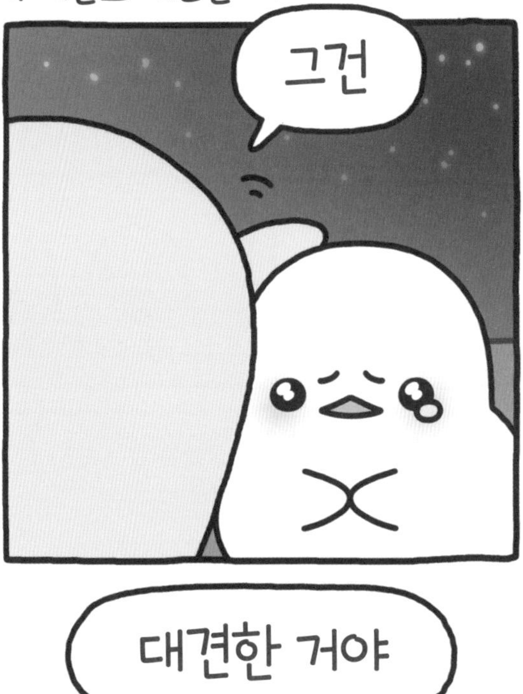
그건
대견한 거야

뭐는 먹고살겠지

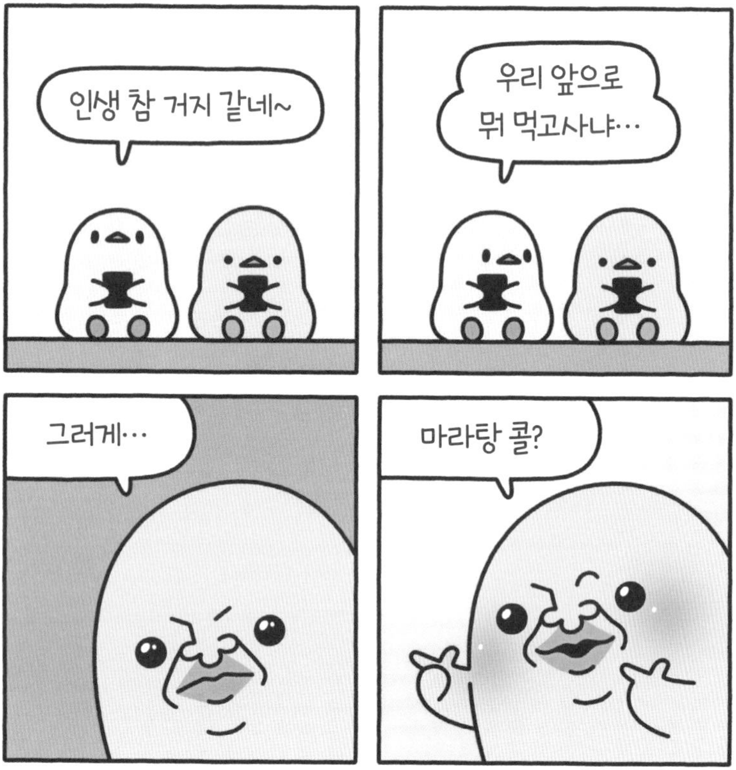

인생 참 거지 같네~
우리 앞으로 뭐 먹고사냐…
그러게…
마라탕 콜?

무엇이든 열심히

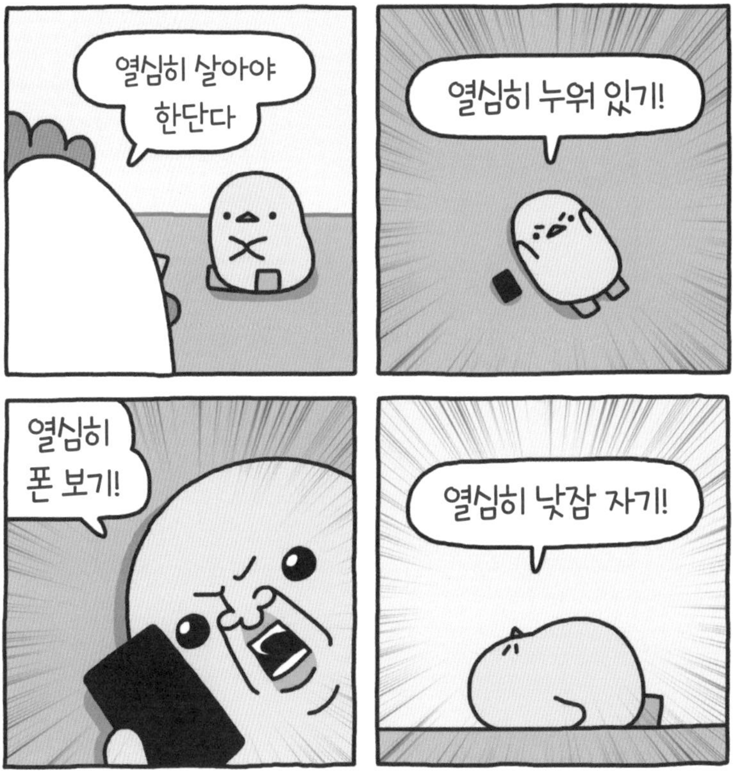
열심히 살아야 한단다
열심히 누워 있기!
열심히 폰 보기!
열심히 낮잠 자기!

#뭐든 열심히

오늘을 살자

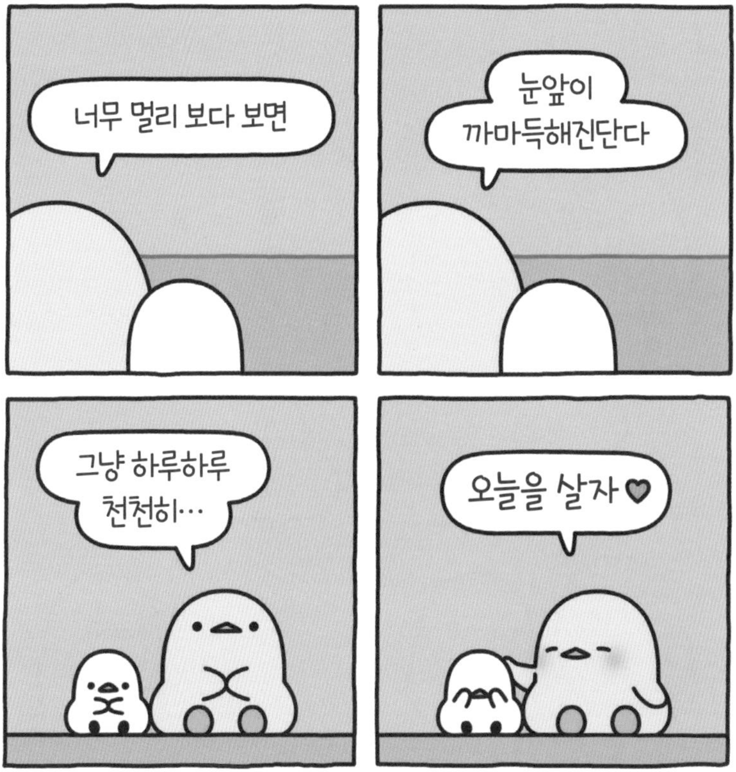
너무 멀리 보다 보면
눈앞이 까마득해진단다
그냥 하루하루 천천히…
오늘을 살자

인간관계에 너무 연연하지 마

인간관계에 너무 연연치 말렴
다 스쳐 지나가는 것뿐이야
너라도 있어서 정말 다행이야…
무슨 소리야 나도 지나갈 건데

스쳐 지나가는 인연들

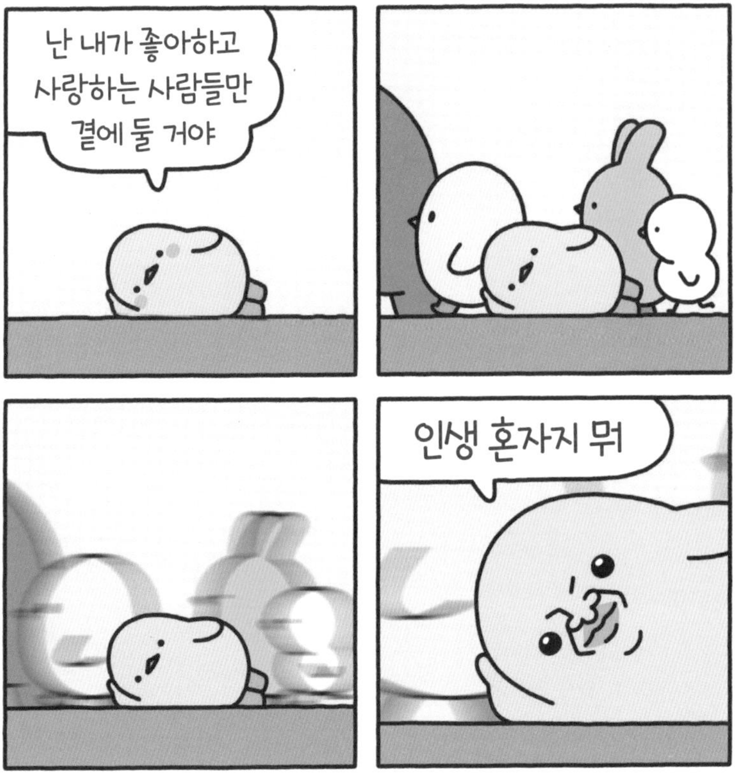
난 내가 좋아하고
사랑하는 사람들만
곁에 둘 거야
인생 혼자지 뭐

잘하고 있어…!
잘하고 있는 거야!
근데
진짜
너무
힘들다…

잘 살고 있다고 믿어

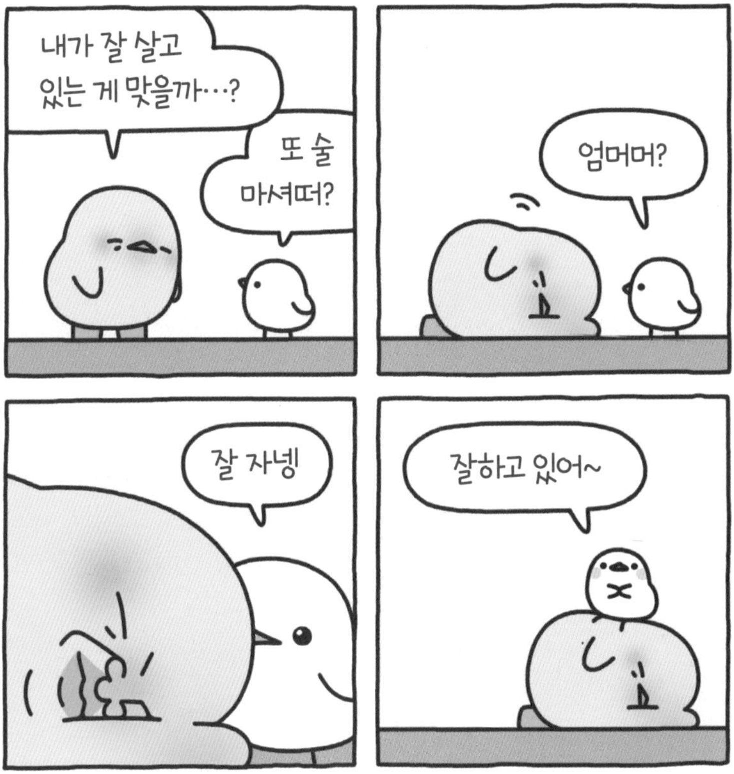
내가 잘 살고 있는 게 맞을까…?
또 술 마셔떠?
엄머머?
잘 자넹
잘하고 있어~

인생 뭐 있나!

행복만 쫓아다니면 행복해질 수 없어
그냥 이렇게 얘기 나누고
때론 달콤하고 때론 씁쓸한 걸 먹으며
그냥 살아가는 거야

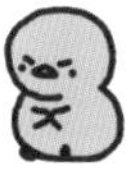

행복하고 싶다고

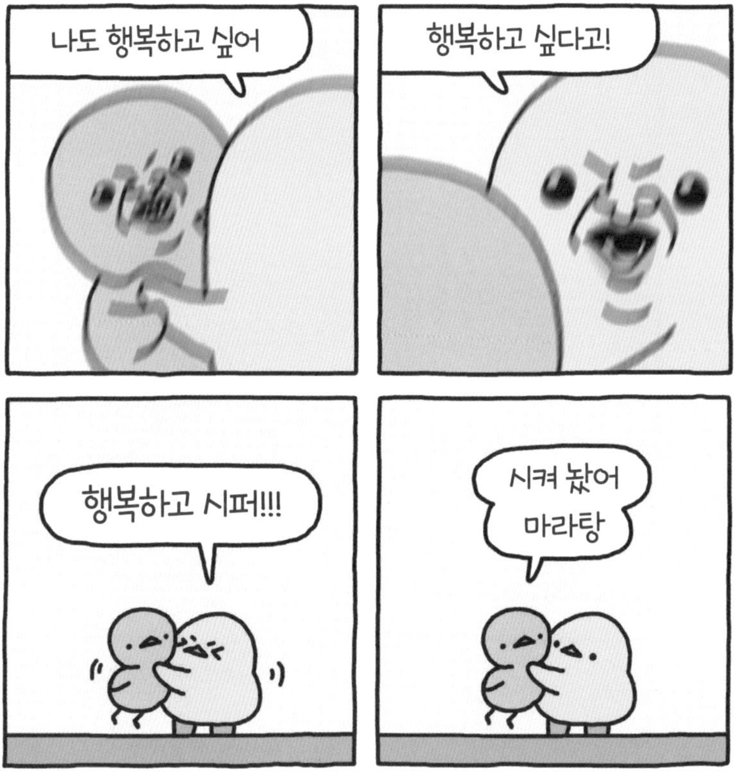
나도 행복하고 싶어
행복하고 싶다고!
행복하고 시퍼!!!
시켜 놨어
마라탕

#넌 나를 정말 잘 알아

잘했어

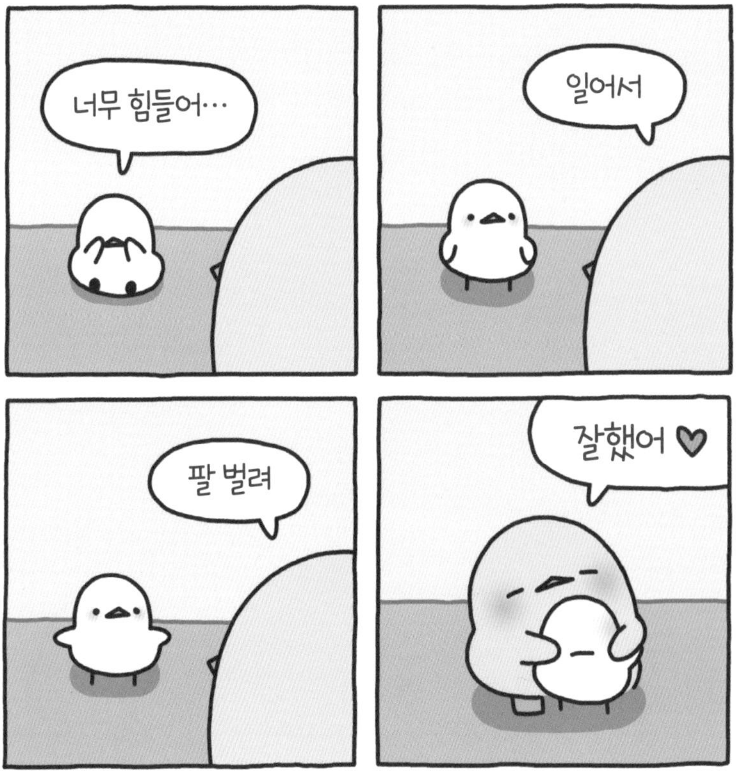
너무 힘들어…
일어서
팔 벌려
잘했어 ♥

너에게 하고픈 말

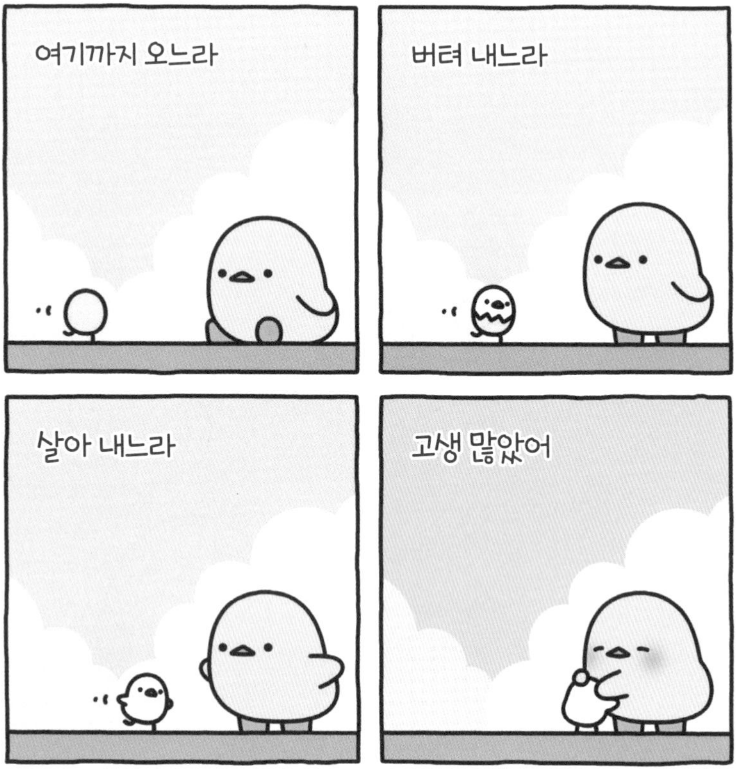
여기까지 오느라
버텨 내느라
살아 내느라
고생 많았어

아직도 삶을 잘 모르겠습니다.
죽기 전까지도 모를 것 같습니다.

삶에 대해 방황하고 갑갑한 마음이 드는 날에도 그저, 아침에 눈을 떴을 때 눈부신 아침 햇살과 살을 맞대었을 때 살아 있음을 느낍니다. 고생했다고 말해 주는 사람 하나 없어도 내가 나 스스로에게 고생했다고 말해 주고 싶습니다.

쉼 없이 달려오느라, 버텨 내느라, 살아 내느라
정말 고생 많았습니다.
우리는 오늘 하루도 그렇게 꿋꿋이 살아 있습니다.

안티 스트레스 다른 그림 찾기

동글동글 눈사람을 만들었어요.
두 그림에서 서로 다른 모습 다섯 군데를 찾아보아요.

• 정답 : 256쪽

CHAPTER. 5

단짠단짠 고민에 찌발한 해결책

고민 읽어 드려요!

전 아직 어리다고 생각하는데
나이는 어른이 되어 버렸어요.
그래서 책임감과 부담감에 때때로
숨이 꽉 막혀요.
다들… 그렇게 어른이
되는 거 아닐까요?
병아리로
10년째 살며
닭이 되지 않는
뾰롱이처럼 말이죠.

고양이 세 마리를 키우는 집사입니다. 저는 점점 커 가는데 저희 고양이들은 늙어 가고 있어요. 서로의 시간이 반대로 흘러가서 무척 슬퍼요. 저희 집 고양이들이 저를 보고 무슨 생각을 하는지 그려 주세요.
(동물의 언어)
그런 거 신경 쓸 시간에 츄르나 더 달라고 하는데요?

고민 읽어 드려요!

1년을 고민만 하던 분야에
도전하려고 해요.
막상 시작하려고 하니 제가
잘할 수 있을지 너무 걱정이에요.
걱정 마라는, 잘될 거라는
식상한 멘트 따위 하지 않겠습니다.
걱정 마세요.
뾰롱인 이런 거
전문이에요.
이 친구가 답해 줄 거예요.
저기요?

썸만 석 달 타다가 성격 차이로
서로 좋아하는 상태에서 끝났는데요.
서로 자꾸 미련이 남아서
아직도 연락해요.
어떻게 하죠?
이히힝빡 –
말이 앞뒤가 다른데요!?

고민 읽어 드려요!

죽고 싶은 건 아닌데 가끔 내가 왜 살아야 하나라는 생각이 들어요….
지극히 정상입니다.
가끔이 아닌 매일인 사람도 잘 살고 있어요.
잇츠미~

요즘 들어 그림이 잘 그려지지 않아요. 슬럼프인지 모르겠는데 의욕이 없고 그러네요. 미래도 안 보여요.
어라…? 내 얘긴가?
이렇게 각도를 조금만 틀어 보면
누구나 하나쯤 등에 달고 살 거예요!
슬럼프
하기 싫어도 해라. 감정은 사라지고 결과는 남는다.
저는 슬럼프가 올 때마다 이 명언을 마음속으로 되새겨요.

고민 읽어 드려요!

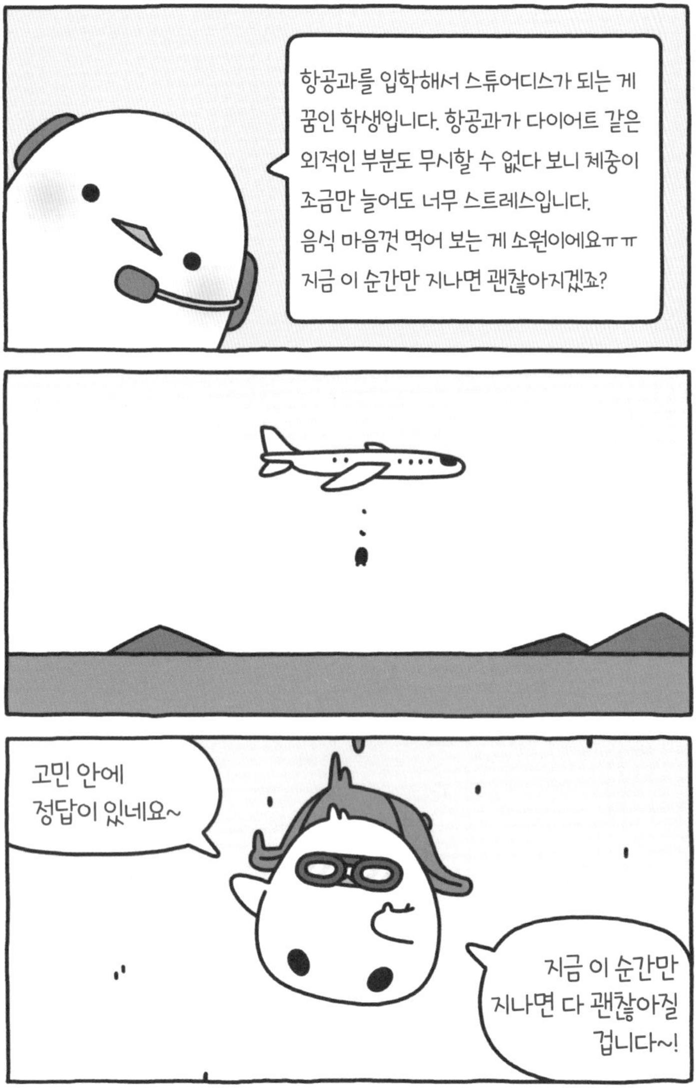

항공과를 입학해서 스튜어디스가 되는 게 꿈인 학생입니다. 항공과가 다이어트 같은 외적인 부분도 무시할 수 없다 보니 체중이 조금만 늘어도 너무 스트레스입니다. 음식 마음껏 먹어 보는 게 소원이에요ㅠㅠ 지금 이 순간만 지나면 괜찮아지겠죠?
고민 안에 정답이 있네요~
지금 이 순간만 지나면 다 괜찮아질 겁니다~!

바리스타를 직업으로 생각하고 자격증까지 따서 하고 있는데, 주변 사람들의 시선은 저를 알바로만 생각해요.
올해 26살인데 다른 안정적인 일을 찾아야 할지, 이 일을 계속해야 할지, 너무 고민이에요.
주변 사람들의 시선을 버티지 못한다면 어떤 일을 하더라도 고민의 연속일 거예요.
주변의 뜨거운 시선을 버텨, 맛있게 볶아진 커피콩이 되시는 건 어때요?

고민 읽어 드려요!

세상 물가는 제 월급 빼고
다 올라가요!ㅠㅠ
다 비싸졌는데 저만
계속 그대로라 슬퍼요.
진짜 답이 안 나와서
물가에 온 거야?
너도 참…
그만 좀 올라라~
그만 좀 올라 줘~

학생입니다. 진로에 대해서 너무 고민이 됩니다. 사실 저희 집이 많이 어렵거든요… 기술을 배워야 할지, 아니면 내신이 엄청 낮지만 최선을 다해 공부를 해서 대학에 가야 할지 너무 고민이에요.
어떠한 선택을 하기에 앞서,
필연적으로 후회는 찾아온다고 생각합니다.
짜장?
짬뽕?
어떤 선택이 되었건 '최선'이란 단어를 붙인다면
조금은 괜찮아지지 않을까요?
배불렀으니
된 거야~

고민 읽어 드려요!

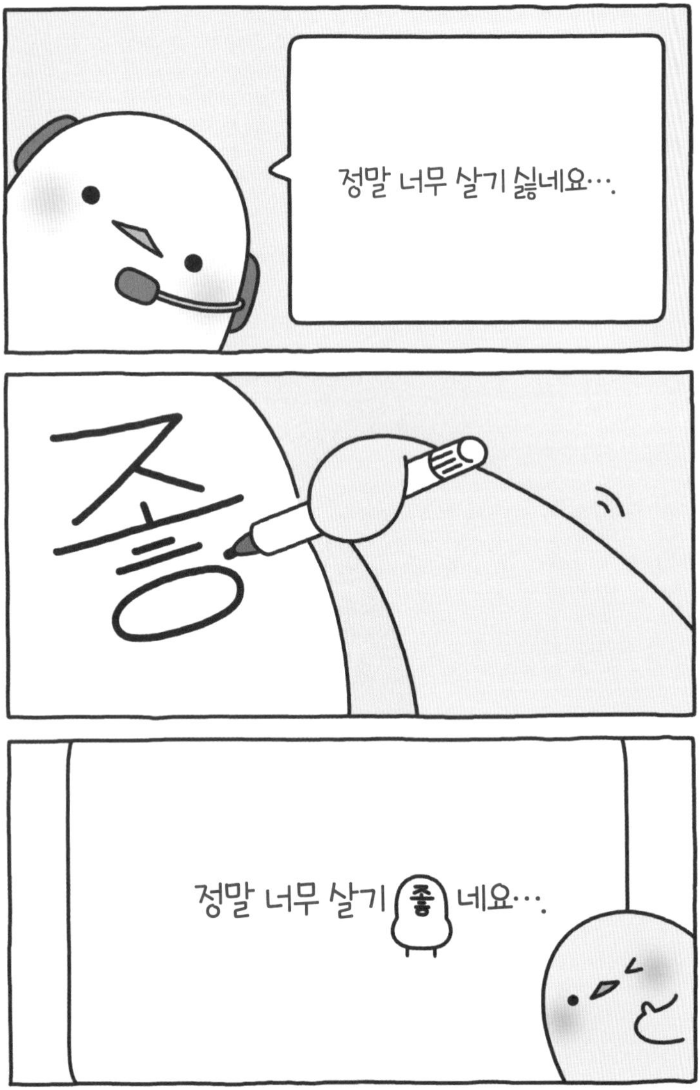
정말 너무 살기 싫네요….
좋
정말 너무 살기 좋네요….

고민이 없는 게 고민입니다!
고민이 없는 고민을 고민 중
고민이 없는 고민을 고민 중인 그림을 고민 중

고민 읽어 드려요!

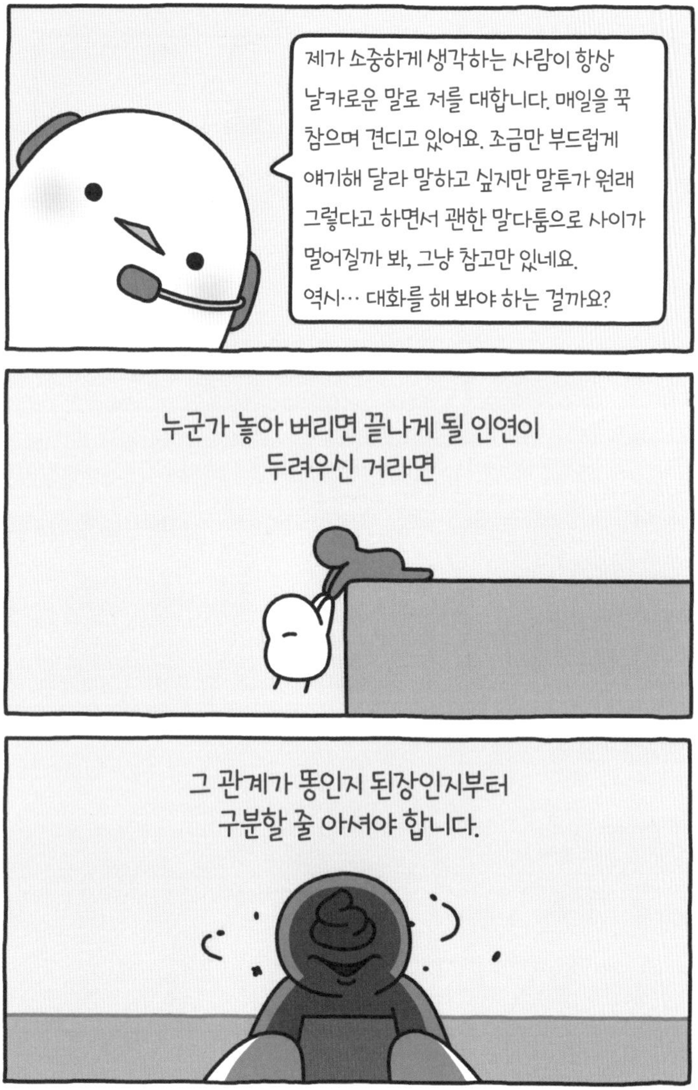
제가 소중하게 생각하는 사람이 항상 날카로운 말로 저를 대합니다. 매일을 꾹 참으며 견디고 있어요. 조금만 부드럽게 얘기해 달라 말하고 싶지만 말투가 원래 그렇다고 하면서 괜한 말다툼으로 사이가 멀어질까 봐, 그냥 참고만 있네요. 역시… 대화를 해 봐야 하는 걸까요?
누군가 놓아 버리면 끝나게 될 인연이 두려우신 거라면
그 관계가 똥인지 된장인지부터 구분할 줄 아셔야 합니다.

왜 사는지 모르겠어요.
삶의 목표도 없고 꿈도 없고
앞으로 뭐 먹고살아야 할까요?
더 길게 쓰고 싶은데…
너무 진지하게 보일까 봐…
왜 굳이 의미를 찾으려 하는가?
인생은 욕망이지, 의미가 아니다.
- 찰리 채플린 -
진지해 보이면
누가 잡아가나요?
더 짧게 쓴다고,
더 길게 쓴다고
가벼워질 인생이
아닐 거예요!

고민 읽어 드려요!

과거엔 우울한 바닷속에서 헤엄치는 상상을 많이 했어요. 그래서 병원도 꾸준히 다니고 약도 잘 복용해서 지금은 사회생활도 곧잘 하고 있습니다. 그렇지만 가끔 다시 그 바닷속으로 다이빙을 해요. 이럴 땐 어떻게 해야 하나요?
아귀 아시죠?
머리에서 빛이 나는 물고기.
아무리 우울하고 깊은 바닷속일지라도
당신은 환하게 빛난다는 사실만 잊지 마세요!

자존감이 낮아서 주변 이들에게 애써 밝은 모습만 보이려고 노력합니다. 그런 제 자신에게 이젠 너무 지쳐요.
자존감이 높다 해서, 밝은 것도 아니고 낮다 해서 어두운 것도 아닙니다.
괜찮아요, 우리는 가장 어두운 곳에서 가장 밝게 빛나는 존재니까요!

후기

제 만화를 보고 공감해 주신 독자님들 덕분에
출간까지 하게 되어 매우 기쁩니다.

제 생각을 담은 글과 그림을 세상에 보일 수 있다는 건 정말 큰 행운이자 값진 일입니다. 만화를 꾸준히 그려온 저에 대한 선물 같기도 하고요. 항상 느끼는 감정이지만 만화를 업로드하고 나면 불안감과 압박감에 시달립니다.
그 감정들은 슬럼프로 이어지곤 하는데 그럴 때면 응원해 주신 팬 분들의 메시지를 꺼내 보며 제가 펜을 놓지 못한 이유를 되새겨 봅니다.
"저도 뾰롱이 님 같은 작가가 되는 것이 꿈이에요!"
저 또한 그랬듯 누군가의 꿈이 된다는 건 말로 표현할 수 없는… 가슴 벅찬 감정을 느끼게 되네요. 제 만화를 보시는 모든 분들이 오늘을 살아갈 수 있는 따뜻한 위로 속에서 하루를 마무리하셨으면 좋겠습니다.

조금은 슬퍼도 작게나마 웃을 수 있게
오늘도 그리고 있을게요.

감사합니다.

비록, 내 아픔에서
기록된 상처들을
그림으로 남기지만
그냥…
내가 누군가를
위로할 수 있다는 게
좋아

안티 스트레스 다른 그림 찾기 | 정답

63쪽

95쪽

165쪽

235쪽

너의 오늘을 내가 안아 줄게

2023년 7월 25일 제1판 1쇄 발행
2024년 5월 30일 제1판 2쇄 발행

글·그림 | 김진솔

발행인 | 오태엽
편집국장 | 강우식
편집담당 | 박진영
라이츠사업팀 | 이은선, 조은지, 김수영, 정선주, 신주은
전략마케팅팀 | 김정훈, 이강희, 정누리
경영기획팀/제작 | 박석주

발행처 | ㈜서울미디어코믹스
등록일 | 2018년 3월 12일
등록번호 | 제2018-000021
주소 | 서울특별시 용산구 만리재로 192
전화 | (02)2198-1656 (편집), (02)2198-1732 (마케팅)
FAX | (02)2198-1699 (편집)
디자인 | (주)디자인_프린웍스
인쇄처 | (주)한산프린팅

ISBN 979-11-367-6976-3 03810